蕪村と花いばらの路を訪ねて

寺山千代子

東信堂

はしがき

私は、若い頃から、蕪村が好きだったので、蕪村について、理解している範囲で書いてみたいと思うようになった。何故、蕪村が好きなのか、その答えを考えてみたいと思った。

俳句との出会いは母から教わったものだった。何気なく口ずさんでいたのが、蕪村の俳句だったということである。

幼い頃の思い出に、北陸の春の海（富山、岩瀬海岸）に連れていかれて、「春の海ひねもすのたりのたりかな」の句を教えられて、どこがうまいのかなあと感じたことがあった。蕪村の評価は、世間では芭蕉ほどではないと思うが、俳句の持つイメージが鮮明で、芭蕉にはない新しい感覚が感じられ、大人になってから親しみが持てたのである。そこで、みなさんと一緒に蕪村の世界で遊んでみたいと思うようになった。

芭蕉・蕪村・一茶と聞くと、二・三句は思い浮かぶと思われる。教科書にも、採択されているので、記憶の方も多いことだろう。私が思い出すのは、次の句である。

松尾芭蕉（一六四四――一六九四）の句では、
「五月雨を　集めてはやし　最上川」
「夏草や　兵どもが　夢の跡」
「閑さや　岩にしみ入る　蝉の声」

与謝蕪村（一七一六――一七八三）の句では、
「春の海　ひねもすのたり　のたりかな」
「白梅に　明くる夜ばかりと　なりにけり」
「菜の花や　月は東に　日は西に」

小林一茶（一七六三――一八二八）の句では、
「雀の子　そこのけそこのけ　御馬が通る」
「やせ蛙　負けるな一茶　ここにあり」
「我と来て　遊べや親のない雀」

蕪村の句の数は多く、全部は紹介しきれないので、私の手の届く範囲で書いてみたいと思っている。なお、若い読者向けに、人名・地名など読み方が難しいと思われるものには、振り仮名を付けることにした。なるべく現代仮名遣いをするようにしたが、歴史的仮名遣いの振り仮名もあり、それらは現代仮名に置き換えてお読みいただければと思う。

平成三〇年　冬籠りの日に

寺山千代子

目次／蕪村と花いばらの路を訪ねて

はしがき……i

第一章　蕪村の生きた時代と生誕地……3
一　蕪村の生きた江戸中期……3
二　蕪村の生誕の地……6
三　江戸での生活……8

第二章　結城時代……11
一　結城での生活……11
二　ある夏の日、結城を訪ねて……14

第三章　京都での生活……25
一　画業に励んだ時期……25

二　宋屋《そうおく》の死と俳諧……27
三　弟子との別れ……29
四　暁台《きょうたい》との出会い……32

第四章　晩年の蕪村……33

一　蕪村の芭蕉庵の建立について……33
二　娘、「くの」の結婚……34
三　小糸との出会い……36
四　蕪村との別れ……40

第五章　作品の鑑賞……45

一　ふたたび「北寿老仙をいたむ」について……45
二　「うつつなき　つまみごころの胡蝶哉」……62
三　「菜の花や月は東に日は西に」(安永三年一七七四)……67
四　「柳散清水涸れ石処々」……69
五　正岡子規による作品の美の分類……70

第六章　晩年の蕪村句 …… 73
一　私と蕪村句 …… 73
二　晩年（安永年間）の作品 …… 75
第七章　蕪村句の理解のために …… 93
一　仲間・弟子たちに恵まれていた …… 93
二　作品のもつ背景について …… 98
三　蕪村の一門が、なぜ続かなかったのか …… 101
おわりに …… 105
与謝蕪村略年譜 …… 107
参考文献 …… 111

蕪村と花いばらの路を訪ねて

第一章　蕪村の生きた時代と生誕地

一　蕪村の生きた江戸中期

年代的にみても、芭蕉、蕪村、一茶の三人は一六〇〇年代から、一八〇〇年代の人たちである。この時代は、江戸中期から後期である。

しかし、蕪村については、その後、忘れられた存在となり、明治になってから、正岡子規によって、見出されたといわれている。子規のその後は、根岸派の人たちに受け継がれ、さらに蕪村研究が盛んになり、萩原朔太郎《はぎわらさくたろう》によって評価が決まったといえよう。その前後には、蕪村に関する書籍や論文などが出ている。

萩原朔太郎（一八八六〜一九四二）

生まれは、群馬県東群馬郡（現・前橋市）である。日本の詩人で、「日本近代詩の父」といわれている。代表作に、詩集『月に吠える』『青猫』、短編小説『猫町』などがある。五五歳没。

さて、江戸時代とは、慶長元年（一五九六）から慶応三年（一八六七）までの、約二七〇年間のことである。

江戸時代に使われた元号としては、「慶長、元和、寛永、正保、慶安、承応、明暦、万治、寛文、延宝、天和、貞享、元禄、宝永、正徳、享保、元文、寛保、延享、寛延、宝暦、明和、安永、天明、寛政、享和、文化、文政、天保、弘化、嘉永、安政、万延、文久、元治、慶応」があり、蕪村の生きた時代は享保、元文、寛保、延享、寛延、宝暦、明和、安永、天明となる。

蕪村の時代の前後の出来事として、宝永四年（一七〇七）には富士山が噴火し、天明三年には浅間山の大噴火があり、大きな被害があったと伝えられている。また、蕪村の生きた時代には、二回の飢饉が起こった。それは、享保・天明の飢饉であり、いずれも冷害や洪水、害虫などの影響を受けていた。

この時代の住まいといえば木造の家屋や茅葺の屋根などであり、しかも電気、ガス、水道、電車はなく、薪を割って煮炊きをしていたと思われる。こういう時代の中で、芭蕉の後、蕪村も長い旅に出ている。

蕪村は、俳諧ばかりでなく、一方では文人画を極めた人でもある。この頃の風景は、今と違い自然が多く、庶民の多くは貧しかったのではないかと想像される。

蕪村といえば、いつも芭蕉にあこがれをもっていたといわれている。それは、当時の俳諧が娯楽的趣味であり大衆化していたことによる。蕪村の師の早野巴人《はやのはじん》が、芭蕉の「わび」を愛し、「昔に返れ」と教えていたことが、影響しているのかもしれない。

しかし、蕪村の句には、芭蕉にはない、現在の時代にも通じる新しい詩的感覚を見出していると思う。

師　早野巴人（一六七六―一七四二）、後に夜半亭宋阿《やはんていそうあ》

　生まれは、下野国《しもつけのくに》那須郡烏山（現在の栃木県那須烏山市）。芭蕉の『奥の細道』を辿って旅をする。江戸に戻り、宝井其角《たからいきかく》、服部嵐雪《はっとりらんせつ》に学び、享保一二年（一七二七）に京都に移るが、砂岡雁宕《いさおかがんとう》の誘いで、再び江戸に戻り、夜半亭を日本橋に開く。この時の号を宋阿とし、夜半亭宋阿となる。この頃、蕪村が門人となった。六七歳没。

一方の芭蕉が生まれたのは、寛永二一年、正保《しょうほ》元年（一六四四）であり、元禄七年（一六九四）、五〇歳で没している。蕪村（一七一六）が生まれたのは、芭蕉が亡くなって二二年後である。実際に蕪村の作品に芭蕉の作品が影響するのは、没後の三〇年か、四〇年あたりからと推測される。

蕪村についての評価であるが、蕪村が世に出たのは、前述のとおり明治三〇年に刊行された「日本新聞」の正岡子規による『俳人蕪村』からである。子規が見出したといわれるのは、このことによる。大正末期になると、『蕪村全集』が潁原退蔵《えばらたいぞう》によって刊行され、その後昭和一一年には、萩原朔太郎によって『郷愁の詩人・与謝蕪村』が出版された。その後も研究が進められている。

二　蕪村の生誕の地

蕪村が生まれたのは、摂津国東成郡《せっつのくにひがしなりぐん》毛馬《けま》村で、現在の大阪市都島《みやこじま》区毛馬町である。毛馬村のほかに、丹後の与謝村、摂津の天王寺村といわれているが、いずれも確証はない。姓は谷、（あるいは谷口）で、富裕な農家の出身といわれているが、早くに両親を失い、家はその後没落したといわれている。一人で江戸に出てきたのは、二〇歳前後で、母親は与謝村の出身だといわれている。

幼い頃のことは、蕪村自身が話さないので、はっきりしないとされている。本人が話さない限り、憶測されても仕方がないとしながら、出生に関しては、丹後地方に伝わる説がある。つまり、蕪村の母親は、丹後の与謝村の生まれで、摂津の郷民の家に奉公に出て、そこで主人との間に子ども（蕪村）が産まれたのではないかとしている。その後、蕪村は主人に引き取られ、毛馬の堤で遊んだことが、懐かしい思い出になっているのではないかと推測されている。

蕪村は、安永六年二月二三日付の門人の柳女《りゅうじょ》・賀瑞《がずい》親子宛に出した書簡で、俳詩「春風馬堤曲」に描いた、自分の故郷について次のように記している。

一、春風馬堤曲《しゅんぷうばていのきょく》　馬堤ハ毛馬塘《づつみ》也。即《すなわち》、余が故園《こえん》也。

余、幼童之時、春色清和の日ニハ、必友たちと此堤上ニ上りて遊び候。水ニハ上下ノ船アリ、堤ニハ往来ノ客アリ。其中ニハ、田舎娘の浪速《なにわ》ニ奉公して、かしこく浪花の時勢粧《じせいしょう》に倣ひ、髪かたちも妓家の風情《ふぜい》をまなび、□（虫喰）伝・しげ太夫の心中のうき名をうらやみ、故郷の兄弟を恥いやしむもの有。されども、流石故園の情ニ不堪《たへず》、偶《たまたま》親里に帰省するあだ者成べし。浪花を出てより親里迄の道行《みちゆき》にて、引道具ノ狂言、座元夜半亭と御笑ひ可被下候《くださるべく》。実ハ、愚老懐旧《かいきゅう》のやるかたなきよりうめき出たる実情ニテ候。

蕪村は、毛馬《けま》の堤を「故園《こえん》」とよんで、ここでの幼い日の記憶を懐かしんでいる。ここは、淀川が流れる温和な土地柄であるとされている。しかし、蕪村の遊んだ頃の堤については、淀川の修理によって、流れが変わり、一説では川の底に沈んでいるということである。

蕪村が生まれたのは享保元年で、吉宗が八代将軍になった年である。蕪村の生きた時代には、享保一七年（一七三二）と天明二年〜七年（一七八二〜一七八七）に、大飢饉が起こっている。貧しい農家の人たちをはじめ、一般庶民にとっても、苦しい時代だったと思われる。江戸時代は、寒冷な時代であったといい、凶作や飢饉が絶えなかったといわれている。父の死については、はっきりしないが、母は一三歳頃に亡くなっている。父が亡くなって、後を継いだとしても、当時、商人たちに土地を買われてしまったのかもしれない。

蕪村は、そのような苦しい時代のことは取り上げないで、自分の生活している中で過ごしていた。その後、二〇歳前後に、単身で江戸に下ることになる。

初期の蕪村は、いくつかの「号」を使っている。元文元年（一七三六）〜元文四年（一七三九）では宰町（宰鳥とも）、寛保四年（一七四四）の『宇都宮歳旦帖《さいたんちょう》』から蕪村となっている。

三　江戸での生活

蕪村は、二〇歳頃に、俳諧と画を学ぶため、単身で江戸に下ったといわれている。

蕪村は、榎本其角《えのもときかく》（一六六一——一七〇七）の門人の早野巴人（夜半亭宋阿）に入門した。住居については、日本橋本石町《ほんごくちょう》の鐘楼の近くに住んでいた師と寝起きを共にしていたといわれている。夜半亭宋阿には、後に世話になる砂岡雁宕も入門していた。

場所については、蕪村は後年、『むかしを今の序』で次のように語っている。

「…師や昔武江《ぶこう》の本石町なる鐘楼の高く臨めるほとりに、あやしき舎《やど》りして市中に閑をあまなひ、霜夜の鐘におどろきて、老の寝覚めの憂き中にも、予とともに俳諧をかたりて、世の上のさがごとなどまじらへきこゆれば、耳つぶしておろかなるさまにも見えおはして、いと〳〵高き翁にぞありける。…されば今我門にしめすところは、阿叟《あそう》の磊落《らいらく》なる語勢にならはず、もはら蕉翁のさび・しほりをしたひ、いにしえにかへさんことをおもふ。…」

ここでは、芭蕉の作風にもどるように夜半亭宋阿は願っているといえよう。蕪村は、そのころ日本橋本石町あたりに住んでいたことが想像される。大通りではなく、裏通りなどの住まいだったのではなかろうか。そこで、夜半亭と称していたのだろう。

我宿とおもへば涼し夕月夜　　巴人（夜半亭宋阿）

元文三年（一七三八）の正月、『夜半亭歳旦帖《やはんていさいたんちょう》』（正月中の吉日に俳諧の席を設け、門人たちと句を披露する歳旦開の句帖のこと）に、蕪村は「宰町」として発表している。翌年、二四歳で「宰鳥《さいちょう》」と号を変え、『桃桜』に参加している。

二五歳の時に師と共に結城を訪ね、雁宕の案内で筑波詣をし、年を越している。このときの桜川の句がある（二六頁参照）。

夜半亭宋阿という師は、学識の高い高潔な人を思い浮かべることができる。そして、「俳諧の道は、必ずしも師の句法に捉《とら》われてはならぬ、時に応じ変化して自由であるがよい」との師の言葉を、蕪村は生涯にわたって大切にしたものと思われる。

せっかく、夜半亭宋阿との暮らしが始まったのだが、残念なことに夜半亭宋阿は六七歳（一七四二）で亡くなり、蕪村は江戸を去ることになった。

死去に際して、直後の心情を述べて手向《たむ》けとした句に「宋阿の翁、このとし比《ごろ》予が孤独なるを拾ひたすけて、枯乳《こにゅう》の慈恵《じけい》のふかゝりけるも、さるべきすくせにや、今や帰らぬ別れとなりぬる事のかなしびのやるかたなく、胸うちふたがりて云ふべく（き）事もおぼえぬ。」

我泪《わがなみだ》古くはあれど泉かな　　宰鳥　　寛保二年（一七四二年）、蕪村二七歳

第二章　結城時代

一　結城での生活

師の死去に伴い、その後、下総国《しもふさのくに》結城の同門砂岡雁宕《いさおかがんとう》に身を寄せている。今の茨城県結城市である。蕪村は、二七歳から三五歳まで、結城・下館で過ごすことになる。砂岡雁宕の父も我尚《がしょう》といい、其角・嵐雪に学んだ俳人である。

結城では、砂岡雁宕の下で『日夜俳諧に遊び』をしていたが、しばらく滞在した後、芭蕉のように奥羽地方の旅に出ている。飯坂付近（現福島市飯坂温泉）の佐藤継信《つぐのぶ》・忠信《ただのぶ》の遺跡（奥の細道の旧遺跡）を訪ね、松島天麟院《てんりんいん》に逗留し、秋田の夜叉澤を過ぎ、青森県の外ヶ浜（謡曲で有名な善知鳥（うとう）の伝説で名高い）まで行っている。外ヶ浜は、青森県の東津軽郡にあり、現在では青森から津軽線でつながっている。その頃の蕪村は、貧しい姿の僧侶の衣をまとい、知人を頼ったり、画を描いたりしながら旅をしたのだろうが、道中の苦労が絶えなかったのではないかと思われる。東北の旅に出る前に、結城弘経寺《ぐぎょうじ》でかりそめの得度をしたものと考えられている。ところどころの家の襖や屏風を描いて、旅を続けていたのだろう。苦難の伴う旅ではあったが、蕪村なりの成長もあったのではないかと推察される。

蕪村はその後旅からもどり、結城では丈羽の別荘・弘経寺、下館では大済《たいさい》・風篁《ふうこう》・高峨《こうが》宅、境では阿誰《あすい》宅などを転々としていた。

風篁《ふうこう》の家は、現在は一九代目の中村兵左衛門であるが、下館における素封家であった。第九代目となる風篁は、番頭に任せて句会にはげみ、東北の旅にも一部参加していたという、中村兵左衛門の話だと佐賀啓男《ひろお》は述べている。蕪村は、有名になったけれど、中村家は傾いたということである。資金面で蕪村はかなり世話になったのだろう。

寛保四年（四月二一日改元、延享元年）、二九歳の蕪村は、砂岡雁宕のむすめ婿の佐藤露鳩《ろきゅう》の協力で、宇都宮で歳旦帳『寛保四年宇都宮歳旦帳』を出版している。ここで、蕪村の号を使っているが、以後、五六歳の明和八年（一七七一）まで、歳旦帳を出していない。この時の句に「古庭に鶯《うぐいす》啼《な》きぬ日もすがら」がある。この歳旦帳の中で、蕪村と号しているのは、この句のみである。

鶯や猿も眠たく老いにけりな　（丈羽の句）
逃水に羽をこく雉の光哉　（下館の大済）

結城での友として、同門の箱島阿誰《あすい》がいる。阿誰は終生の友として、行き来をしていた一人である。阿誰が亡くなったときの追悼の句に、

耳さむし其もちつきの頃留り

詞書は、「世とちぎり深き人なり。ことし末の冬中の五日、なきひとの数に入ぬとききて」となっている。

阿誰のことを「ちぎり深き人」と表現しているように、蕪村にとっては惜しい人を亡くしたことになる。「頃留り」は、人生の終わりになったことである。

阿誰は、正徳元年、関宿向下川岸で生まれ、内堀家の三男だったことから、堺町の箱島家のヤスの婿となる。安永元年（一七七二）六二歳で死去している。

延享二年（一七四五）、結城で世話になった早見晋我《はやみしんが》（七五歳）が亡くなり、蕪村は、俳詩『北寿老仙をいたむ』で追悼している。しかし、死去後、すぐに作品に書いたのか、安永になってからか意見が分かれているので五一頁のところで再度取り上げてみたい。

一〇年ほどにおよぶ関東結城での生活では、東北や関東の旅をしたり、句と画に専念したりしていたと思われる。蕪村を成長させていた時期でもあろう。なお三一歳のころ（延享三年）、京都に行く前に、江戸の芝増上寺裏門に住んで、江戸中を遊歴していたらしいが、はっきりとはしない。三二歳には下館風篁宅に数年間留まっている。ここでは多くの友を得て、三五歳の時、結城・下館と別れ、京都へ向かった。

二　ある夏の日、結城を訪ねて

「ある夏の日　蕪村ゆかりの地を訪ねて」（この原稿は、短大の公開講座に用いたものである。）

今年の夏の暑さには、といいながら、思い立つまま蕪村ゆかりの地、結城を訪れた。常磐線取手駅から関東鉄道に乗り換え、下館でさらに水戸線に乗り換え、結城駅に着いた。窓からは梨の実った果樹園や稲の揺らぎを見ることができ、早い秋の訪れがあちこちに感じられた。結城駅は予想と違って、近代的な駅舎になっていた。

蕪村は、二七歳から三五歳まで、この結城・下館で過ごしている。蕪村の生まれは、享保元年（一七二八）なので、結城に移り住んだのは、寛保二年（一七四二）のこととなる。ちなみに、享保元年というのは、ＮＨＫの大河ドラマの「吉宗」が八代将軍になった年である。

さて、蕪村の生まれは摂津国東成郡毛馬村で現在の大阪市都島区毛馬町といわれいる。江戸の早野巴人（夜半亭宋阿）に入門して「宰町」と称し、二四歳で「宰鳥」、二九歳（寛保四年・改元延享元年）で「蕪村」と改号したとされている。

まず、弘経寺を訪れた。駅から続く道筋には、当時を偲ぶ佇まいを求めるわけにはいかないが、結城のつむぎ記念館があり、そこでしばらく足をとめ、蕪村とゆかりの深い弘経寺へ急いだ。

陽射しの暑さと舗装された道路からの照り返しには、ほとほと参り気味だが、蕪村もこんな暑い日をこの地で味わったと思うと、この暑さも懐かしいものとなる。

弘経寺は本堂から少し入ったところにあり、境内には油蝉の声が満ちていた。案内板には次のように記されていた。


寿亀山《じゅきざん》弘経寺は、浄土宗の名刹で桃山時代の文禄四年（一五九五）結城家一八代の城主秀康（徳川家康の子）がその息女松姫の追善供養のため飯沼（水海道市）の弘経寺の住職檀誉《だんよ》を招いて建立したと伝えられ、後に浄土宗の学問所関東一八檀林の一つに数えられ、広くその名を知られました。

肌寒し己が毛を噛木葉経《かむこのはぎょう》（宝暦初年か）

図1　句碑　肌寒し己れが毛を噛む木の葉経（弘経寺）

寺には、江戸時代の俳人、与謝蕪村が滞在中に描いたすぐれた「襖絵《ふすまえ》」や室町時代作の「当麻曼荼羅《たいままんだら》」があり、ともに茨城県文化財に指定されています。

市指定文化財となっている史跡「砂岡雁宕の墓」があります。なお、境内には蕪村の句碑「肌寒し己れが毛を噛む木の葉経」があります。

蝉しぐれの中、砂岡雁宕の墓を拝み、その当時を偲ぶと、栄華盛衰ということばが実感として伝わってくる。

弘経寺の住職の奥さんからも、蕪村がこの寺で僧として他の修行僧と一緒に本堂前の建物に暮らしていたという話を伺った。すでにその建物はなく空地になっているが、葉桜の中を僧侶姿の蕪村が足早に通り過ぎていくような心地がした。

蕪村は得度したといわれているが、本当の出家とまではいかなかったのだろう。しかし、「釈蕪村」という名の署名のある有名な「北寿老仙をいたむ」の詩からもそれに近い生活が伺われる。また、弟子の月渓《げっけい》が描いた『新花摘《しんはなつみ》』の中の蕪村像も僧侶になっている。

蕪村が江戸を引き上げ結城・下館に暮らすようになったきっかけは、師である夜半亭宋阿が亡くなったことによる（六七歳）。当時、まだ若かった蕪村が江戸で独り立ちするには諸事情が充分整っていなかったのかもしれない。このことについては、『新花摘』に「いささか故ありて、余は江戸をしりぞきて」と記されているのみである。当時の江戸の俳諧における夜半亭宋阿は、頽廃《たいはい》した江戸の俳壇と相容れないものがあったといわれている。結城・下館には同じ俳諧の仲間がおり、結城には雁宕、下館には風篁などがいた。中でも雁宕は財力的にも力があり、蕪村の師夜半亭宋阿を京都から江戸へ誘ったのも彼といわれている。当時の結城・下館は米、織物、味噌、醤油などの産業が栄えており、かれらはいずれも豪商たちである。豪商たちが、若き才人蕪村を囲んで俳諧に親しんでいる情景は何か粋なものさえ感じさせる。

次に訪れたのが、十分ほど歩いたところにある妙国寺である。ここの案内板には、次のように記されていた。

妙国寺

法頂山妙国寺と称し、一三四五年（貞和元年）日宣上人《にっせんしょうにん》を開山とする日蓮宗の寺院です。当寺には、蕪村の俳詩「北寿老仙を悼む」で知られる「北寿＝早見晋我」の墓があります。早見晋我（一六七一〜一七四五）は、結城十人衆と称される由緒ある家に生まれ、名を義久、長じて新右衛門さらに次郎左衛門と称し、北寿と号しました。家は代々名主をつとめ、醸造業を営んでいたことなどから、若くして江戸に遊学、俳諧を榎本其角、佐保介我《さほかいが》らに師事しました。帰郷後は、家業を営むかたはら、自宅に私塾を開き、結城の俳壇の中心人物として活躍しました。

「繰言の数珠のしら玉　菊の上　晋我」

晋我《しんが》や郷土の俳人、砂岡雁宕らを頼り、結城に滞在した蕪村との交流は広く知られるところです。一七四五年（延享二）、七五歳の生涯を閉じた晋我の訃報《ふほう》に、蕪村は、師と仰ぎ、兄とも慕う思いを、追悼《ついとう》の俳詩に詠んでいます。

「君あしたに去りぬゆうへのこころ千々に／何そはるかなる——（以下、後述）」

と綴られるこの俳詩は、時を越えたリズムと詩情で、私たちの胸を打ちます。

図2　北寿老仙の詩碑

晋我の永眠する寺の境内には「北寿老仙をいたむ」の詩碑が建てられている。

蕪村が晋我を知ったのは、雁宕の仲介によるとされる。晋我は、北寿という号を使っており、それで晋我が亡くなったときの詩が「北寿老仙をいたむ」となったのである。晋我は学識、教養、さらに人柄にも優れ、地域の文化人であり、指導的立場にあった人物である。妙国寺は結城市殻町一五七〇にあり、早見家の菩提寺である。

蕪村は、晋我を俳諧の先輩として尊敬の念、いやそれ以上に慈父のような感情を抱いていたのではなかろうか。ちなみに晋我は七五歳、蕪村は二九歳のときのことである。晋我の作品は、晋我の長男桃彦《ももひこ》の編による「いそのはな」に載っており、境内には晋我の句碑がある。

蕪村は、師と仰いだ夜半亭宋阿の死には、「我が泪古くはあれど泉かな」と直截な表現をしているが、晋我追悼では一段とその悲しみが深まっているように思われる。

そして何よりもみずみずしいまでの感性である。明治の新体詩よりも一四二年も前の作品と聞き、さらに驚かされた。

この詩を詠んだときにすぐ思い出されたのが、島崎藤村の『落梅集』(明治三四年)の「千曲川旅《ちくまがわりょ》情《じょう》の歌」である。同じようなことは、朔太郎の『郷愁の詩人与謝蕪村』の中でも触れられている。朔太郎は、新体詩以前にそのような作品のあることに驚きをおぼえ、蕪村を高く評価している。蕪村が今日、高い評価を得るようになったきっかけは、子規によるところが大きいのだが、朔太郎にいわせれば、ポエジイの本質という点からの評価がなされず、どちらかというと表層的な理解に留まるとしている。蕪村の新しい視点からの評価は、朔太郎が俳人でなかっただけに、より一層自由で本質を極めたものといえよう。

少し長くなるが、北寿老仙の追悼の詩との比較のために、藤村の詩を次に引用してみよう。

千曲川旅情の歌

島崎藤村

小諸なる古城のほとり

雲白く遊子《ゆうし》悲しむ
緑なす繁縷《はこべ》は萌《も》えず
若草も藉《し》くによしなし
しろがねの衾《ふすま》の岡辺
日に溶《と》けて淡雪《あはゆき》流る
あたたかき光はあれど
野に満つる香《かおり》も知らず
浅くのみ春は霞みて
麦の色はつかに青し
旅人の群《む》れはいくつか
畠中の道を急ぎぬ
暮れ行けば浅間も見えず
歌哀《かな》し佐久の草笛《くさぶえ》
千曲川のいざよふ波の
岸近き宿にのぼりつ

濁《にご》り酒濁れる飲みて
草枕《くさまくら》しばし慰む

「北寿老仙をいたむ」の詩と藤村の詩を比較してみると、新体詩といわれる藤村の作品よりも、精神の高さ、芸術性、表現力における自由な清新さは、時代背景を考えると、蕪村の方が優れているといっても過言ではない。作品の完成度からしても「北寿老仙」の追悼の方が高いと評価できるのではないだろうか。蕪村の作品が藤村よりも一四二年も前のことであるのが不思議なくらいである。

この作品が創られた時期や場所について、いくつかの説がある。例えば、創られた時期としては、顕原退蔵によれば、晋我が亡くなった当時の作品とされるが、他の作品との関連で後年京都での作品ともいわれている。また、創られた場所としては、結城と下館の間を流れる鬼怒川を舞台とし、蕪村は鬼怒川をへだてて下館の岡に立っているとする人、あるいは結城の市内に小さな小川があり、そのそばに岡があるので結城だとする人もある。創られた時代が関東時代であれ、京都時代であれ、また場所が結城、下館の岡であれ、蕪村作品が時間や空間を超えて存在していることの方が重要である。

蕪村の句が現代にも愛し続けられているのは、時間や空間を超えた精神のみずみずしさが作品に湛《たた》えられているからだろう。

帰りの窓から筑波山を見ると、蕪村の句が思い出された。蕪村は、結城・下館に来る以前の元文五年（一七四〇）にも、師夜半亭宋阿とともに年の暮れからここを訪れ新春を迎えている。賀春の歌仙百韻に作品が残されている。

夜のきぬ心残らず明の春　　雁宕
園も添いよる福藁の音　　宋阿
つくばの山本に春を待
行年や芥《あくた》流るゝさくら川　　宰鳥
行春やむらさきさむる筑羽山
（筑羽山は筑波山のことである）

図 3　筑波山の写真

どの角度の筑波山が一番美しいのかは分からないが、関東鉄道の下妻あたりから見る筑波山も美しいように思われた。俳諧、俳画に実に自在な美的精神を書き留めていった蕪村が身近に感じられた夏の一日であった。機会があれば、再び結城・下館を訪れ、残された作品に出会いたいと願っている。

第三章　京都での生活

一　画業に励んだ時期

関東結城での生活を終え、宝暦元年（一七五一）、三六歳の蕪村は木曽路を経て、夜半亭宋阿の頃よりの知り合いだった毛越《もうおつ》を頼って京都に上っている。毛越は、京で会う少し前に、剃髪したらしいが、蕪村は宋阿の死後、剃髪《ていはつ》していたと思われる。元文四年（一七三九）『桃桜』の「雪尾」というのが、毛越とすれば、その頃からの付き合いということになる。毛越は、蕪村に自分の編集した『古今短冊集』の跋文《ばつぶん》を書いてもらったり、京の俳壇に蕪村を紹介したりしていたが、蕪村の地位が急にあがることはなかった。蕪村は、宋阿の弟子の宋屋《そうおく》を訪ねた。旧知の仲間に会えたことは蕪村を励ましたことだろう。宋屋は、蕪村よりも二八歳の年上六四歳だった。ここで歌仙一巻が出来た。その後、東山の麓に庵をもつことになった。

京の町は、蕪村にとって、興味深い町となり、人との交流をもつことができた。しかし、蕪村にとって、画の技法を磨きたいこともあって、宝暦四年（一七五四）、三九歳の蕪村は、丹後国宮津《たんごのくにみやづ》（京都府宮津市）

を訪ねて、宝暦七年頃まで、見性寺《けんしょうじ》を中心に、丹後地方に滞在した。安永六年（一七七七）六一歳の蕪村は、この頃を「むかし丹後宮津の見性寺といへるに、三とせあまりやどりゐにけり」と『新花摘』で振り返っている。見性寺は浄土宗のお寺であり、そこの僧の竹渓《ちくけい》は、蕪村より磊落《らいらく》な人物とされている。ここで、蕪村は大作といわれる画を多く残している。宮津は、与謝の海に面し、天の橋立があり、風光明媚なところである。今も見性寺があり、俳人蕪村のゆかりの寺として知られている。宝暦七年（一七五七）、九月には、四二歳になった蕪村は、近くの真照寺で、「天の橋立図賛」を描いている。見性寺の住職の鷺十《ろじゅう》や竹渓、このほかに無縁寺の両巴《りょうは》の三人の洒脱磊落《しゃだつらいらく》さに蕪村は、「三俳僧図」を描いている。このころ、雲裡坊《うんりぼう》（義仲寺無名庵五世宋阿時代の知人）が宮津まで訪ねており、宋阿のことなど話し合ったりして、懐かしかったことと思われる。そこに、鷺十や竹渓も加わり、歌仙一巻ができている。宝暦七年（一七五七）の九月には、京都に戻っている。

宝暦八年は師宋阿の慈明忌（一七年忌）にあたり、宋屋主催の追善法要に出席している。宝暦一〇年、雲裡坊に旅を誘われたが、果たせないまま、宝暦一一年に雲裡坊は亡くなっている。

宝暦一二年、蕪村は四七歳頃までに、「とも」と結婚し、その後、「くの」が生まれている。年齢が高くなってからの女の子なので、嬉しかったのであろう。このころから、「与謝」を名乗っている。

京都では、明和二年（一七六五・五一歳）頃まで蕪村は、俳諧に関しては積極的に興味を示さず、旅に出たりしていた。

二　宋屋《そうおく》の死と俳諧

明和三年（一七六六・五一歳）に、師夜半亭宋阿の後継者とみられていた望月宋屋（一六八八―一七六六）が、七九歳で亡くなった時には、蕪村は京を離れていて宋屋の死に目には会えなかった。その後、蕪村は俳諧に力を注ぐことになった。

宋屋が亡くなって三か月ごろ、ようやく蕪村を中心にして、俳諧の活動がされることになった。蕪村ははじめ、弟子たちと、「三菓社」という俳諧の結社を作った。そして、三菓社の活動が活発になり、蕪村調の俳風が創られていった。第一回の三菓社句会は、明和三年、蕪村が五一歳の時に、鉄僧の居宅（大来堂）で開かれている。集まったのは、蕪村、太祇《たいぎ》、召波《しょうは》、鉄僧《てっそう》、竹洞《ちくとう》、印南《いなみ》、峨眉《がび》、百墨《ひゃくぼく》の八人となっている。八日後に、二回目の三菓社句会を開いたが、その後、途切れてしまうことになる。

その後、画の注文が来たのか、蕪村は須磨・明石を経て讃岐行きを決めている。讃岐への旅は、風景の美しさや、またその土地の史跡など学ぶことも多かったものと思われる。瀬戸内海の海をわたり、高松、さらに琴平まで行って、年を越している。三月には、宋屋の一周忌のため、京に戻ったが、手向けの句や墓参りを済ませると、また、讃岐に戻り、一年間は琴平を中心に留まって、画の世界に没頭している。明和五年の春には、讃岐で過ごしているが、『平安人物誌』では、住所が「四条烏丸東へ入ル」となっている。京においても、画壇の地位が揺るがぬものとなっていることが分かる。蕪村は丸亀の妙法寺の襖絵の大作をまとめ、京都に戻っている。

京に戻ると、三菓社を再開し熱心に句会が開かれた。五月六日から一二月一四日まで、一九回も開き、蕪村は三菓社の一四名の中でも最も熱心だったということである。蕪村の活動は、順調にいっていたが、夜半亭の活動は活発でなかったか、浮いたままになっていた。弟子たちは夜半亭宋阿が亡くなってから、夜半亭は江戸でも引き継がれず、そのままの状態であった。結局、宋阿の過ごした京の方が弟子に恵まれ、白羽の矢が蕪村にたった。

しかし、夜半亭宋阿の高弟高井几圭《きけい》こそ夜半亭二世になることを蕪村は望んでいたので、蕪村自身が夜半亭二世になることを断っていた。だが、皆の支持により、受けることにし、代わりに、几圭の息子の几董《きとう》には、三世を継ぐことを約束している。実際、蕪村亡き後は、几董が夜半亭三世になっている。

明和七年（一七七〇・五五歳）には、夜半亭二世となり、京都俳壇における蕪村の地位を確実なものにしていった。夜半亭二世になった蕪村の京都における地位は、点者六四人中、六二番目であった。

その時の蕪村は、「兀山《はげやま》や何に隠れて雉《きじ》の声」と詠っている。風景の中に隠れている雉とは、自分のことをいっているのではないかとの見方もある。

明和八年（一七七一）歳旦帖『明和辛卯春《めいわしんぼうのはる》』はじめ、『安永《あんえい》三年蕪村春興帖《ぶそんしゅんきょうちょう》』、『安永四年夜半亭歳旦帖《やはんていさいたんちょう》』、『夜半楽《やはんらく》』などが伝えられている。

明和九年（一七七二）には、几董が父几圭の一三回忌の追善として、『其雪影《そのゆきかげ》』を刊行している。几圭の追善にこだわらず、多くの人の句を集め、優れた作品をまとめている。安永二年に几董の編で『あけ烏』が刊行されている。ここでは、蕉風の復興を思わせるものであった。『あけ烏』の後、蕪村、几董、樗良《ちょら》で、嵐山《らんざん》を見舞った。四吟歌仙四巻を書いたが、嵐山の死去により『此のほとり』として刊行された。

三　弟子との別れ

明和八年、蕪村五六歳には、門弟だった召波、太祇などが亡くなっており、蕪村は弟子の死去をとても悲しんでいる。

黒柳召波について　享保一二年（一七二七）～明和八年（一七七一）

若くして亡くなった召波《しょうは》について、詞書は、「去る人は日々にうとしと云えるは、うけ得られぬ語也。余が召波居士を懐ふや、きのうにきようはいやまさりて、夢に入、うつに立て、猶語るがごとし。——略——」

泣ふして声こそしのべ竹の雪　（安永元年、一七七二）

この句は、召波が明和八年一二月に亡くなった後の一周忌の作である。召波がいてくれたら、俳諧における力になっていたのに残念である。召波は、蕪村の一一歳下の四五歳で亡くなっている。召波とのやり取りのあった離俗論について、後の『春泥句集《しゅんでいくしゅう》』（安永六年）の中で、蕪村は、「俳諧は俗語を用て、俗を離るるを尚ぶ。俗を離れて俗を用ゆ、離俗の法最もかたし。…（禅師の禅俳諧の離俗の話が続き、離俗の方法を問われると）…答曰《いわ》く、あり。詩を語るべし。子もとより詩を能《よく》す。他にもとむべからず。」

門弟召波に俳諧を問われ、「離俗」を説くのであるが、召波がさらに、「離俗の説はたしかに奥深い道理だが、句作する際には、やはり工案をこらして、何とかいい表現を得ようという我意が働くものではないだろうか。そのような我意を捨て自然に化して俗を離れる捷径《せふけい》があろうか」、と聞くと、

「あり、詩を語るべし」と答える。さらに召波が聞いても「書を読め」というだけで、説明がなされていない。（捷径→近道）

この答えとして、蕪村がいいたかったのは、自分を磨け、つまり感性や知性などを磨けという意味ではなかろうか。もっと現代的にいえば、知的なものと情緒が感じられるものでの、広い意味でのインテリジェンスのある作句をいっているのだと思う。どうすればよいのかは、召波自身が会得していくことをいっているのではないかと思われる。

・炭太祇について　宝永六年（一七〇九）〜明和八年（一七七一）

太祇は、召波の四か月前に亡くなっている。高徳院の発句会に出席していたが、六三歳でこの世を去った。おそらく行動力のある太祇には、いろいろの面で、世話になったのではないかと推測される。

太祇は、師である水国《すいこく》について俳諧を学び、師の死去に伴って、四〇歳を過ぎてから大徳寺真珠庵で僧籍に入り道源となったが、間もなく還俗して、京島原の妓楼桔梗屋《ぎろうききょうや》主人呑獅《どんし》の後援で、遊郭内に不夜庵を結んで活躍をしていた。明和俳壇の中心人物として知られており、句集に『太祇句選』、『太祇句選後編』がある。

最初の師水国《すいこく》は、江戸大門通りの釘銅物商伊勢屋の二代目で、三〇歳のころ遊女高尾を身請けして隠居、俳諧の宗匠となっている。太祇が還俗して、京の島原に入ったのも水国の影響かもしれない。

四　暁台《きょうたい》との出会い

樗良《ちょら》が京を去った後、入れ替わりに芭蕉復興への志の強い暁台が蕪村を訪ねにやって来た。暁台と蕪村が手を結ぶことは、蕉風復興運動の核心になることを意味し、暁台の門弟の士朗《しろう》・都貢《とこう》も加わり、両派の交わりとなった。

その年は師宋阿の三三回忌にあたり、蕪村は追善法要を行い、『昔を今』を刊行した。蕪村は、序文に、「そのみちやかならず師の句法に泥《なず》むべからず」と書いた。その上で、「されば今我門にしめすところは、阿叟の磊落なる語勢にならはず、もはら蕉翁さびしをりをしたひ、いにしへにかへさんことをおもふ」と書いた。また、八月には、『芭蕉翁付合集』の序文に「はいかいの継句をまなばんには、まず蕉翁の句を暗記し、付三句のはこびをかうがへしるべし。三日翁の句を唱へざれば、口むばらを生ずべしむ」と記している。翌年の安永四年、夜半亭句会は開かれているが、蕪村は容態が悪かったようだ。安永五年、『左比志遠理《さびしおり》』の序には、芭蕉の「ことばは俚俗《りぞく》にちかきも、こころは向上の一路に遊ぶべし」を取り上げている。蕪村が芭蕉の心を深く理解してのことだと思われる。

第四章　晩年の蕪村

一　蕪村の芭蕉庵の建立について

蕪村は、安永五年（一七七六年、六一歳）四月に、同志を集めて、洛東《らくとう》一乗寺村に芭蕉庵を再興している。樋口道立《どうりゅう》の発起により、芭蕉庵の再興の計画を立てることとなった。芭蕉庵は、元禄の頃、寺の鉄舟《てっしゅう》和尚が芭蕉の句を口ずさんでいたことから、芭蕉が亡くなったことを悲しみ、芭蕉庵と名づけられた。その後、寺は廃墟となっていったので、再び芭蕉庵を作ることになったのである。芭蕉庵の由来について、『洛東芭蕉庵再興記《ばしょうあんさいこうき》』に詳しく述べられている。

そして、蕪村を中心に「写経社」が結ばれ、金福寺の残照亭で句会がもたれるようになり、『写経社集』がつくられていった。

この時、蕪村は、「金福寺芭蕉翁墓《こんぷくじばしょうおうのはか》」と書いて、次の句を残している。

我も死して碑に辺せむ枯尾花

この年の冬に、几董を中心に『続あけ烏』が刊行された。夜半亭一派の作品に、友人や他門の有名な人々も加わり、盛況であった。

二　娘、「くの」の結婚

安永五年（一七七六）に娘「くの」は豪商三井の料理人の息子西洞院椹町《にしのとういんさわらぎちょう》下る柿屋伝兵衛方と結婚している。蕪村は、「くの」の結婚が嬉しかったようで、琴の師匠や舞妓をよんで、朝まで祝宴を張り、そのあと四、五日、臥《ふ》してしまったほどだった。

ところが、安永六年（一七七七）になると、「くの」を気づかい、嫁ぎ先から娘を引き取っている。

「むすめの事先方爺々専ら金もふけの事ニのみニ而《て》、しほらしき志し薄く、愚意ニ齟齬《そご》いたし候事共《ことども》多く候ゆへ取返申候。もちろんむすめも先方の家風しのぎかね候や、うつうつと病気づき候故、いやいや金も命ありての事と不便に存じ而《て》、やがて取もどし候。…」

つまり「先方の爺々は、金もうけのことばかりで、風流心などなく、愚老の考えとちがうことが多すぎるので取り返した」と述べている。半年で娘を取り返したとされている。

鴇《ひよどり》のうたた来啼くやうめもどき

鵯がうめもどきの実を食べにくるのを見張っているという父親の気持ちであろう。何か父親の情がにじんでいる句でもある。蕪村亡き後の「くの」だが、その後、門下の人々の計らいで嫁いだのではないかと思われる。

安永六年、蕪村は春興帖『夜半楽』を刊行した。青春への回顧がみられ、「春風馬堤曲」のような新体詩の句が作成されている。夏には、一日十句の夏行《げぎょう》を計画するが、途中からは俳文をしたため、『新花摘』としてまとめた。母への五〇回忌追善供養《ついぜんくよう》にあたるのではないかと思われる。途中から夏行がうまくいかなかったのは、「くの」のことが心配だったのではないかともいわれている。また、安永八年（一七七九）、蕪村は几董ともに、和田岬まで出かけたが、具合を悪くし、その日のうちに帰っている。

安永八年から九年にかけて、蕪村を宗匠、几董を会頭として、道立、百池、維駒《これこま》、月居《げっきょ》らが加わった、連句を学ぶ「檀林会《だんりんかい》」を作り、修行の場にしていた。蕪村は、画業が忙しくて不参加があったが、手紙でのやり取りをし、充分に推敲《すいこう》したうえで、歌仙二巻を作り、安永九年に『桃李（すもも）』として刊行している。

天明二年（一七八二）吉野の花見にいき、『花鳥篇』を刊行した。この中に小糸《こいと》の名前があるが、蕪村の好きだった小妓《しょうぎ》であったといわれている。美しい人だったと思われる。蕪村の中に、余裕が

図4　金福寺

出てきたのであろう。天明三年、暁台《きょうたい》の主催する芭蕉百回忌取越法要に協賛などしている。太祇の一三回忌の追善俳諧のため、島原の不夜庵に雨風にかかわらず、出掛けている。

また、宇治田原の茸狩りに出掛け、大変嬉しかったのだが、その後、不調を訴えている。それをおして、召波一三回忌の追善のため、維駒《これこま》編の『五車反古《ごしゃほうぐ》』の序文を詳しく書いている。『五車反古』ができ上がったころには、病が重くなっていった。『五車反古』には、多くの俳人が参加している。召波のことなので蕪村はもちろんのこと、息子の維駒をはじめ、田福《でんぷく》、道立、几董、大魯《たいろ》、無腸《むちょう》（上田秋成）、暁台、雁宕《がんとう》、太祇、道立、樗良《ちょら》、二柳《じりゅう》など、多くの人が句を連ねている。

三　小糸との出会い

もう一つの出来事は、安永九年（一七八〇）、芸妓小糸との出会いがある。二人の仲立ちは、京都寺町五条の本屋汲古堂の主人佳棠《かとう》田中庄兵衛がしていた。

いろいろの人見る花の山路かな　　小糸

年代が不詳（天明二年（一七八二）説あり）となっている一〇月二〇日付佳棠宛の書簡に、「煙袋《えんたい》二つ出来、御届被下、御せわ之至　忝奉存候。いかにもあふせのごとく仕立甚あしく候。此体にては糸・雛両美へささげがたく候。――略――」と依頼している。
また、安永九年五月二六日付佳棠宛に、「――略――小糸からより申しこし候は、白ねりのあはせに山水を画きくれ候様にとの事に御座候。――略――返す返す小糸のもとめならば、此方よりのぞみ候ても画き申たき物に候。」

このことがきっかけとなり、小糸とは親しくなったものと思われる。結局、小糸の求めに応じ、白ねりの袷《あわせ》に山水の絵を描いている。小糸とは、俳諧の仲間と思われる。親しくなったのは、安永九年より少し前ではなかろうか。天明二年、蕪村の七部集の『花鳥篇』の中に、三人の句があるので載せておく。

表うたがう絵むしろの裏　小糸

ちかづきの隣に声す夏の月　夜半亭（蕪村）

おりおり香る南天の花　佳棠《かとう》

蕪村の「ちかづきの隣に声す」との表現から、嬉しかったものと思われる。この二人について、道立は諌めているが、年老いてきた蕪村は、道立の意見に従うとしながらも、実は最後まで俳句の仲間だったのではないかと推測される。

安永九年四月二五日付道立宛の手紙には、「青楼の御異見承知いたし候。御尤の一書、御句にて小糸が情も今日限ニ候。よしなき風流、老の面目をうしなひ申候。禁べし。去ながらもとめ得たる句、御被批判可被下候。

妹がかきね三味線草の花さきぬ

これ、泥に入て玉を拾ふ心地に候。――略――」

蕪村の句に

老が恋わすれんとすればしぐれかな　（八六頁参照）　安永三年

句会の題が、「時雨」だった句である。時雨の音がするけれど、自分の恋は忘れようとしても、忘れられないでいる。小糸を思っての句だろうか。

逢ぬ恋おもひ切ル夜やふくと汁　安永七年

小糸との恋の句であろうか。同門の人に意見されたので、思いきるためフグ汁を飲んだという意味である。

樋口道立は、安永五年（一七七二～八一）頃から与謝蕪村の指導のもとに俳諧に親しむようになっている。安永五（一七七六年）、洛東金福寺に芭蕉庵再考を企画し、写経社を主催して『写経社集』を刊行している。道立宛の蕪村の書簡に、蕪村の女性関係を道立が戒めたことを示す文面があり、師の蕪村に直言できる立場にあったことが伺い知れる。儒者で京都の人であり、漢詩人として著名な江村北海の二男。川越藩主松平大和守の京都留守居役を務めた。『平安人物志』には、一貫して学者の項に載せられている。

小糸は、蕪村が贔屓《ひいき》にしていた芸子である。蕪村との関係は、佳棠が仲立ちをしている。天明二年一一月、佳棠の招待で、蕪村は、歌舞伎顔見世興行に小糸たちを連れて見物している。それから二年後、蕪村は病に苦しみ、最期を迎えることになる。

四　蕪村との別れ

天明三年（一七八三）、蕪村が苦しんでいた一二月二四日夜、月渓《げっけい》が呼ばれ、最後の句を書きとめることになった。

それは、

「冬鶯むかし王維が垣根哉」

「うぐひすや何ごそつかす籔の霜」

しばらくして、

「しら梅に明る夜ばかりとなりにけり」

といい、「これには初春と題を置いて欲しい」といって、「夜はまだ深いのではないか」と尋ねた、月渓、梅亭は、次の句で答えると、そのまま帰らぬ眠りについたということである。

明六ツと吼えて氷るや鐘の声　月渓

夜や昼や涙にわかぬ雪ぐもり　梅亭

我《われ》も死して碑に辺《ほとり》せむ枯尾花（安永六年）（一七七七）

図5　蕪村の墓（写真）

蕪村は天明三年（一七八三）一二月二五日未明、六八歳で亡くなっている。蕪村は、「我も死して碑に辺せむ枯尾花」のとおり、金福寺の芭蕉の碑の横で眠っている。

上田秋成は、「老さりておわりをよくせられし」と蕪村を讃え、「かな書きの詩人西せり東風《こち》吹きて」と別れの句を送っている。

妻の「とも」は、蕪村の没後、清了尼となり、文化一三年（一八一六）三月五日に亡くなって、遺骨は蕪村の墓の側に埋められたとある。この記述が正しいとすれば、蕪村没後、長く生きたことになる。「とも」の年齢は蕪村より、かなり若かったと推測される。

王維《おうい》（六九九～七六一、七五九）
中国唐期の詩人、画家。天才的画家で南画の祖といわれる。李白《りはく》、杜甫《とほ》と並ぶくらいの詩人でもあり、自然美を詠うので、自然詩の始まりともいわれる。母が仏教徒なので、その影響を受けて、熱心な禅の信仰者である。南画と詩人であったことが、蕪村のあこがれでもあったのだろう。

松村月渓（一七五二～一八一一）
宝暦二年生まれ。江戸後期の画家、俳人。画の姓を呉、画名を春として、呉春《ごしゅん》とよばれている。やさしい花鳥画、風景画を描いている。

梅亭　（一七三四～一八一〇）、京の絵師、天明八年京都大火後、近江へ移住。七七歳没。

蕪村の辞世の句に比較されるのが、芭蕉の句で「旅に病んで夢は枯野をかけ廻る」である。芭蕉は、最初から辞世の句として詠んでいなかったといわれている。最終的には、最後の作品となり、辞世の句となっている。季節は冬で、旅先で病気になり、見る夢は、どこかわからない冬の寒々とした野原をかけめぐる夢をみていたという意味である。

芭蕉は元禄七年一〇月一二日、いまの年号で一六九四年没。五〇歳で亡くなっており、それに比べ蕪村は、六八歳まで生きていた。

芭蕉について

芭蕉は江戸中期の俳人。伊賀の人で、京都で北村季吟に師事し、後に深川の芭蕉庵に住んで、蕉風を確立する。句の多くは、『俳諧七部集』に収められ、紀行文として、『野さらし紀行』『笈の小文』『更級《さらしな》紀行』『奥の細道』があり、日記には『嵯峨日記』がある。

現在の三重県伊賀市出身であり、母の父親（祖父）が伊賀忍者の百地丹波だったことから、芭蕉の忍者説が出たものと思われる。路銀や関所などとの関係で、各地での情報を集めたとしても、おかしくはないだろうと想像される。

第五章　作品の鑑賞

一　ふたたび「北寿老仙《ほくじゅろうせん》をいたむ」について

第二章第二節「ある夏の日　蕪村ゆかりの地を訪れて」の中で、「北寿老仙をいたむ」の作品に触れたので、ふたたびこの作品をとりあげて味わってみたい。作品の味わい方、あるいは楽しみ方として、大きくは二通りの方法があるように思う。一つは、作品そのものを味わうこと、もう一つは作品の鑑賞をめぐっての作者の生きた時代の背景、俳句研究者や文学研究者たちの主張などについて調べることである。今回は、作品鑑賞にあたって、この作品についての文学研究者たちの解釈の違い、時代背景などについて楽しんでみたい。まず、「北寿老仙をいたむ」の作品を紹介する。

北寿老仙をいたむ

君あしたに去ぬゆふべのこころ千々に
何ぞはるかなる
君をおもふて岡のべに行きつ遊ぶ
をかのべ何ぞかくかなしき
蒲公《たんぽぽ》の黄に薺《なづな》のしろう咲きたる
見る人ぞなき
雉子《きぎす》のあるかひたなきに鳴を聞ば
友ありて川をへだてゝ住にき
へげのけぶりのはと打ちれば西吹風の
はげしく小竹原真すげはら

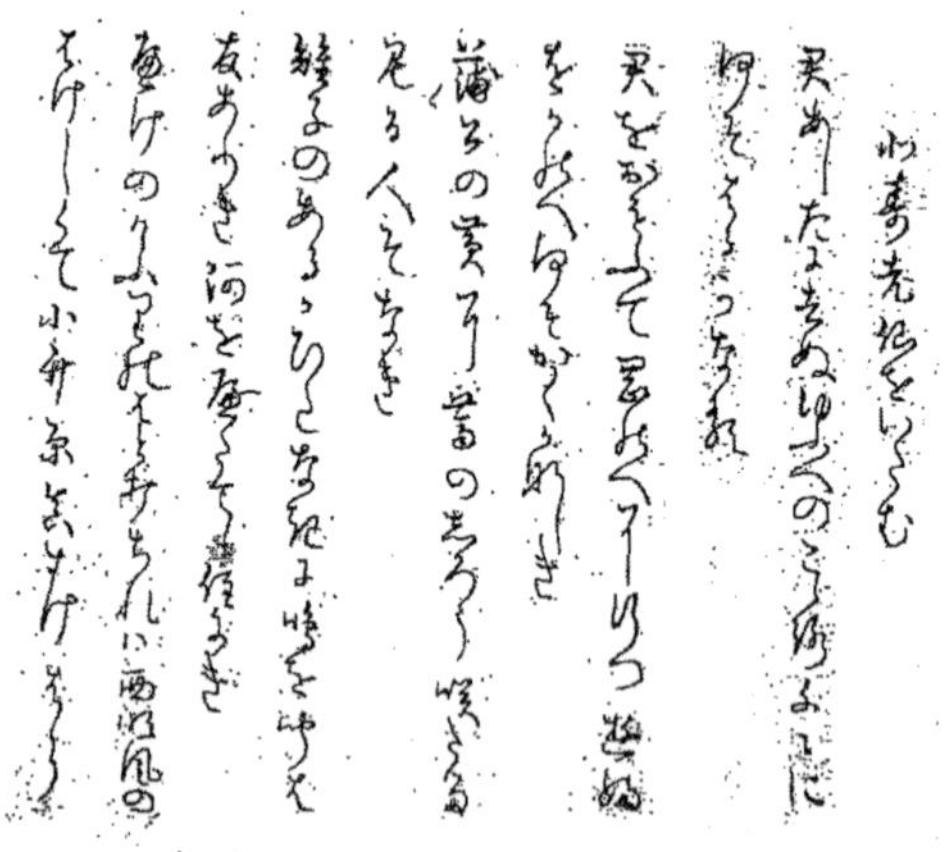

図6 「いそのはな」から「北寿老仙をいたむ」

のがるべきかたぞなき
友ありき河をへだてて住にきけふは
ほろゝともなかぬ
君あしたに去りぬゆふべのこころ千々に
何ぞはるかなる
我庵のあみだ仏ともし火もものせず
花もまいらせずすご／＼と彳《たたず》める今宵は
ことにたうとき
釈蕪村百拝書
庫《くら》のうちより見出《みいで》つるまま右にしるし侍る

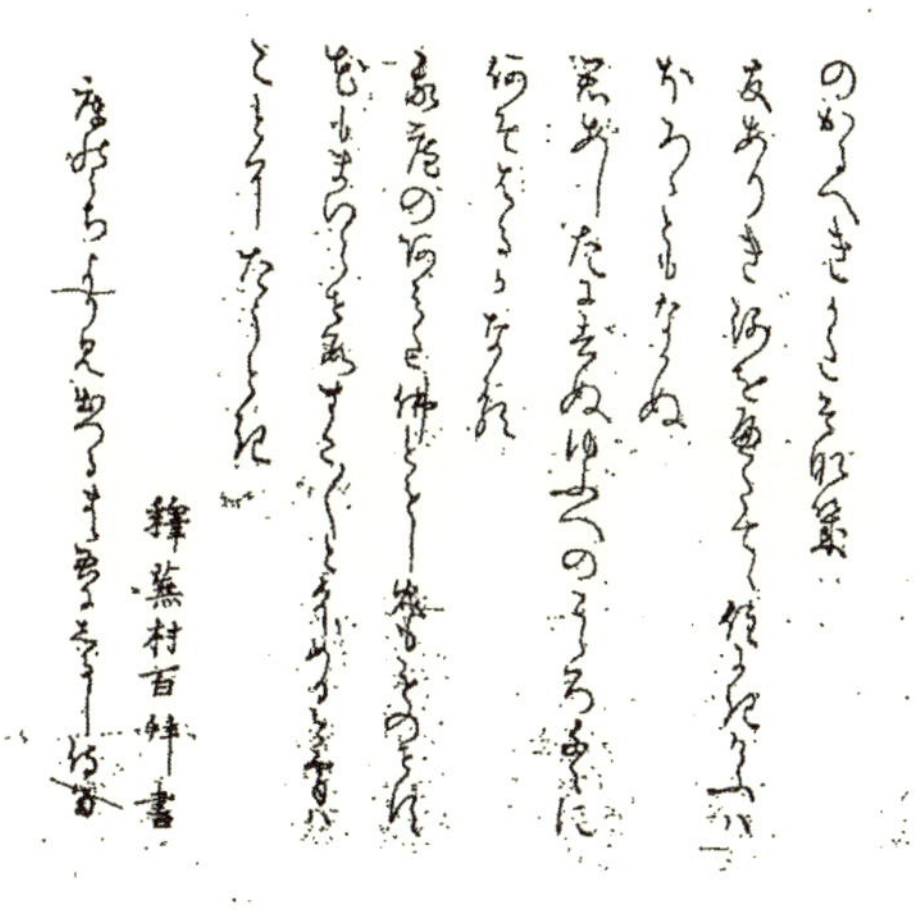

図6　「いそのはな」から「北寿老仙をいたむ」

作品の発表された時期

早見晋我没後、五〇回忌追善集『いそのはな』が二世晋我（晋我の長男の早見桃彦《ももひこ》）によって、寛政五年（一七九三）に編まれた。「北寿老仙をいたむ」の作品は、この中に掲載された。作品の後に、「庫のうちより見出つるまま右にしるし侍る」と編者の注が添えられている。なお、早見晋我が没したのは延享二年（一七四五）、蕪村が没したのは天明三年（一七八三）である。

『いそのはな』は、東都《とうと》柳塘《りゅうとう》下《げ》七十三《ななじゅうさん》叟《そう》獅子《しし》眠《みん》胯口《ここう》の序文、初世晋我の発句五句、百理立句の百里、晋我両吟歌仙一巻の後に、専吟の発句による歌仙の四句までがあり、この後に「北寿老仙をいたむ」が置かれている。その後は、結城を中心とする俳人たちの句が並ぶ。

前頁の写真は、東京大学総合図書館に所蔵されている『いそのはな』の「北寿老仙をいたむ」の部分である。

このように、蕪村の「北寿老仙をいたむ」はもともと行をあけないで書かれているが、これを引用するテキストの中の聯《れん》（連）に分けた形式のものを示してみよう。

北寿老仙をいたむ

君あしたに去ぬゆふべのこころ千々に
何ぞはるかなる

君をおもふて岡のべに行きつ遊ぶ
おかのべ何ぞかくかなしき

蒲公の黄に薺のしろう咲きたる
見る人ぞなき

雉子のあるかひたなきに鳴を聞ば
友ありて川をへだてゝ住にき

へげのけぶりのはと打ちれば西吹風の

はげしく小竹原真すげはら
のがるべきかたぞなき

友ありき河をへだてゝ住にきけふは
ほろゝともなかぬ

君あしたに去りぬゆふべのこころ千々に
何ぞはるかなる

我庵のあみだ仏ともし火もものせず
花もまいらせずすご〳〵と彳める今宵は
ことにたうとき

聯（連）に分けてあると、現代詩になじんだものには読みやすく、それなりの時間経過が把握でき、理解に役立つと思われる。しかし、ここはやはり作者の表現に従う方がよいであろう。聯に分けない方が感情の流れが一気に伝わり、悲しみが一層増すように感じられる。この作品は、「早見晋我」への追悼の曲であることは述べた。では、早見晋我とは、どのような人物だったのだろうか。

早見晋我について

早見晋我（一六七一――一七四五）は、結城十八人衆と称される由緒ある家に生まれ、名を義久、長じて新右衛門、さらに次郎左衛門と称し、号を北寿としている。家は代々名主をつとめ、醸造業を営んでいた。若くして、江戸に遊学、俳諧を榎本其角《えのもときかく》、佐保介我《さほかいが》らに師事している。帰郷後は、家業を営むかたわら、自宅に私塾を開き、結城の俳諧の中心人物として活躍している。

早見晋我が亡くなったのは、延享二年（一七四五年正月二八日、陽暦では二月二八日）で、七五歳であった。蕪村が三〇歳のときなので、晋我との年齢差は四五歳である。蕪村は、むしろ息子たち（桃彦《ももひこ》・田洪《でんきょう》）と交友をもっていたとされる。「寛保《かんぽう》四《よん》甲子《かっし》歳旦《さいたん》歳暮《せいぼ》吟《ぎん》」（宇都宮歳旦帳）には、息子たちの句が各一句入っているのに、晋我の句は見当たらない。晋我は高齢のため参加できなかったのかもしれない。桃彦（二世晋我）は、蕪村より一歳年下で、家業の酒造りを受け継いでいる。

作品の創られた時期について

この作品が発表されたのは、蕪村の没後のことであることから、創られた時期についていくつかの説がある。

・没後の早い時期の作品とする説

従来の多くは、早見晋我没後近くの時期に創られたものとしてきた。この作品の終わりに「釈蕪村百拝書」と記されていることから、「釈」が僧であるとすれば、結城時代に僧であったことから、この時代に創られたものとする根拠になっていた。とすると蕪村三〇歳の延享二年（一七四五）の作品ということになる。しかし、亡くなってからすぐの作品とすると、弟子たちの作品も含めて追悼の句集ができてもよいのではないか、という見方がでてくる。そこで、安永時代ではという解釈もできるようになる。

・尾形仂《おがたつとむ》氏による安永六年説（一七七七年、蕪村六三歳）

では、安永とは、蕪村にとってどのような時代だったのだろうか。

安永元年（一七七二）は蕪村五七歳、それから六八歳で亡くなるまでの晩年は、画俳ともに最も充実した時期であるといえよう。しかし、年齢を重ねることで、健康面ではすぐれないことがあったと推測されている。安永五年には、娘くのが結婚、翌六年に離婚と、家庭的には煩わしいことも多かったのではないか。

さて、尾形氏のいう安永六年説というのは、この年、蕪村は春興帖『夜半楽』を刊行しており、この中に有名な「春風馬堤曲《しゅんぷうばていのきょく》」と「澱河歌《でんがか》」の作品（俳詩）があって、なかでも「春風馬堤曲」の中で用いられている詩句や調子が「北寿老仙をいたむ」の作品と似ていることから提唱されているものである。

「春風馬堤曲」の中には、「北寿老仙をいたむ」につながる気分や類似した語句の使い方があること、また、「君、友ありき」というには、蕪村がそれなりの年齢を積んでのことではないかということ。七五歳の晋我に、「君」、「友」という言い方を三〇歳の蕪村にできるかどうかということ。尾形氏は、「春風馬堤曲」があっての「北寿老仙をいたむ」であると考えている。

例えば、「北寿老仙をいたむ」の「岡のべ」「蒲公英《たんぽぽ》の黄に薺《なづな》のしろう咲きたる」と「春風馬堤曲」の「堤」「たんぽぽ、花咲り三々五々は黄に／三々は白し」が気分としては同一の土壌にあることを指摘している。

また、この安永六年は、晋我の三三回忌にあたっていることから、晋我を思い起こし、いくつかの回想のシーンを構成しながら、晋我の死をいたんでいると考えられる。このようにして作られた作品だが、実際の発表には五〇回忌まで待たねばならない事情があった背景も想定されるとしている。

なお、村松氏も、別の観点によりながら、安永六年説を展開している。

「北寿老仙」の詩の近代性

この作品は晋我の亡くなった悲しみを、夕べの持つ寂しさにのせて表現している。追悼の形式としては、当時、既に和詩の形式があり、それをふまえているといわれている。しかし、蕪村の追悼《ついとう》の詩は、和詩を超え、蕪村独自の形式の表現となっている。

次に作品をもう一度掲載し、味わってみたい。

北寿老仙をいたむ

君あしたに去ぬゆふべのこころ千々に
何ぞはるかなる

君をおもふて岡のべに行きつ遊ぶ
おかのべ何ぞかくかなしき
蒲公の黄に薺のしろう咲きたる
見る人ぞなき
雉子のあるかひたなきに鳴を聞ば
友ありて川をへだてゝ住にき

へげのけぶりのはと打ちれば西吹風の
はげしく小竹原真すげはら
のがるべきかたぞなき
友ありき河をへだてて住にきけふは
ほろゝともなかぬ
君あしたに去りぬゆふべのこゝろ千々に
何ぞはるかなる
我庵のあみだ仏ともし火もものせず

花もまいらせずすご〳〵と彳める今宵は
ことにたふとき

釈蕪村百拝書

庫のうちより見出つるまま右にしるし侍る

まず、全体として漢詩読み下し調の緊迫した調子を出しながら、かなのもつやわらかに連続した響きをそれに調和させ、単純な七五調からはまったく自由になめらかな調べを整えている。上田秋成が蕪村を追悼して、「仮名書きの詩人」と評したのは、この「北寿」の詩において典型的に現れているといえよう。

この作品の読みについて、「君去ぬ」を、「イヌ」か「サリヌ」か　などの議論があるが、ここでは現代の読み方で「さりぬ」でよいのではないかと思う。また、冒頭の「君」という語の繰り返しによって悲しさを高め、中段にかけて「かなしき」「人ぞなき」「住にき」「かたぞなき」と、「き」の音を連ねて、情緒の高揚感を出す構成はみごとである。このリフレインの手法は、冒頭の「君あしたに去ぬ。夕べのこころ千々に／何ぞはるかなる」という詩句を、後段にふたたび使うところにもみられ、この詩に劇的な構造を与えている。それにはさまれた、「友ありき河をへだてて住にき」の中段におけるリフレインも、重層的な効果を出している。

これらの間に、蒲公英の黄や薺の白を見せ、雉の鳴き声を聞かせ、へげのけぶりと西吹く風のはげしさを出すことによって、詩想を豊かに変調させ、劇中劇ともみさせる手法も卓越している。そして、我庵の終結部に至って、仏に火も置かず、ただたたずみながら静かに沈潜して「ことにたふとき」と結ぶ構成は、まるで西洋音楽のレクイエムにも似て、この時代の抒情詩としてまれにみる高い水準に達している。時代をはるかに予見して、唯一、近代の詩につながる独自性を示しているといってよいだろう。

藤村が「北寿老仙」を踏まえて創ったとされる作品

先に藤村の「千曲川旅情の歌」をとりあげたが、藤村には、実際、「北寿老仙をいたむ」を踏まえて、創ったという新体詩「爐邊雑興《ろばたざっきょう》」があるので紹介してみよう。

この作品は、明治三五年に博文館創業一五周年記念として発行された雑誌『海の日本』（「太陽」の臨時増刊号）に掲載されている。この号には、与謝野鉄幹《よさのてっかん》「和泉国高師の海邊をさまよひて作る」、河井酔茗《かわいすいめい》「行く春の海辺にて」、蒲原有明《かんばらありあけ》「絶海獨語《ぜっかいどくご》」など、当時を代表する詩人の作品が掲載されている。

爐邊雑興
（山家にありて海邊を思ふ）

あら荒くれたる賤の山住や顔も黒し手も黒しすごすごと林の中を帰る藁草履の土にまみれたるよ
ここには五十路六十路を経つ、まだ海知らぬ人ぞ多き
炭焼のけふりを眺めつつ世の移り変るも知らで谷陰にそ住める
蒲公英の黄に蕗の花の白きを踏みつつ慣れし其足何ぞ野獣のごとき
岡のべに通ふ路には野苺の実を垂るるあり摘みて舌うちし年を経にけり
和布売の越後の女三々五々群れをなして呼びて
海の藻を買ふぞゆかしき

大豆を売りて皿の上に載せたる塩鮭の肉塩鮭の磯の香もなき
年々の暦と共に壁に煤けたる錦絵を見れば海ありき廣重の筆なりき
爺は波を知らず婆は潮の音を知らず孫は千鳥を鶏の雛かとぞ思う
たまたま伊勢詣のしるしにと送られし貝の一ひらを見れば大わだつみのよろつの波を彫めるとぞいひし言の葉にそ思い出でらるれ
品川の沖によるといふなる海苔の新しきは先つ棚の仏にまいらせて山家にありて遠く海草の香をかぐとぞいふばかりなる

「北寿」にみられる表現の細部が藤村の詩のあちこちに使われており、藤村は明らかに、「北寿」を模倣しているといってもいい。しかし、詩としての出来栄えはよいとはいえないだろう。藤村の作品を蕪村の作品と比べてみると、蕪村の時代は、藤村よりも百数十年も前でありながら、その感性のみずみずしさは、はるかに蕪村の方が高いと感じるのは、筆者だけだろうか。

萩原朔太郎も『郷愁の詩人与謝蕪村』の中で、次のようにいっている。「この詩の作者の名をかくして、明治時代の若い新体詩人の作だと言っても、人は決して怪しまないだろう。しかもこれが百数十年も昔、江戸時代の俳人与謝蕪村によって試作された新体詩の一節であることは、今日、私達にとって異常な興味を感じさせる。実際こうした詩の情操には、なにらか或る新鮮な、浪漫的な、多少西欧の詩とも共通するところの、特殊なみずみずしい精神を感じさせる。そしてこの種の情操は、江戸時代の文化に全くなかったものなのである。」

蕪村の「北寿老仙をいたむ」は、日本詩歌の歴史の中で、一つの奇跡といってもいい作品である。


私の説として、この作品が、没後の早い時期の作品とする説では、宮澤賢治の「永訣の朝」にみるように、身近な人の死についての表現には心の高揚がみられ表現も難しくなる。となると、作品のおだやかな中にも悲しみを感じる文体から、安永六年という説もある。

ここで、宮澤賢治の「永訣の朝」の一部を紹介してみよう。

永訣の朝

けふのうちに
とほくへいつてしまふわたくしのいもうとよ
みぞれがふつておもてはへんにあかるいのだ
（あめゆじゆとてちてけんじや）
うすあかくいつさう陰惨な雲から
みぞれはびちよびちよふつてくる
（あめゆじゆとてちてけんじや）
青い蓴菜《じゆんさい》のもやうのついた
これらふたつのかけた陶椀に
おまへがたべるあめゆきをとらうとして
わたくしはまがつたてつぽうだまのやうに
このくらいみぞれのなかに飛びだした
（あめゆじゆとてちてけんじや）

――略――

「北寿老仙をいたむ」が創られたのは、安永六年か。「北寿老仙をいたむ」に関連する詩句や調子の似ている書簡の表現があることから、安永六年とされている。しかし私は、書簡等の関係から、安永六年より少し早い時期の方がより近いのではないかと思っている。むしろ蕪村は、早くから温めていたのかもしれない。確かに、安永六年は、いずれの作品の上でも完成度が高いといえよう。

桃彦（二世晋我）編『いそのはな』に、晋我の句が五句記載されている。

その中の一句、

早げつく矢走のる舟やさくら狩り

二 「うつつなき　つまみごころの胡蝶哉」

この句を理解するには、荘子（荘周）の「胡蝶の夢」の話を思い浮かべなければならない。蕪村は、荘子の斉物論篇《せいぶつろんへん》における「荘周《そうしゅう》夢に胡蝶《こちょう》と為る」を思い浮かべたのであろう。この句は、夢をみた荘子の話を踏まえていると思われる。

荘子の夢の話は、「夢うつつの中で、荘周が蝶になり、蝶は草葉の上に夢心地でつかんだ感触、なんともいえないような蝶のまどろみ、目覚めてみたら蝶が荘子だったのか、荘子が蝶だったのか。」というものである。

荘子（紀元前三六九――紀元前二八六）
中国・戦国時代の宋国の思想家、道教の始祖の一人。『荘子』の著者で、内編七編、外編一五編、雑編一一編でなる。そのうち内編だけが本人によって書かれたとされている。特に、「胡蝶の夢」が知られている。（蝶になった夢をみて楽しんだ後、目覚めてみたら、夢の中で蝶になったのか、あるいは蝶が夢をみて、今の自分があるのだろうか。）

この句の解釈としていくつかあるので、紹介してみたい。

胡蝶とは蝶のこと。うつつなきとは「現実でない、あるいは夢ごこち」という意味である。

まず、つまみごころの主語は人であるか。あるいは、蝶であるか。

つまり、このことによって、意味が違ってこよう。
①美しい可憐な蝶をつまんだときの指先の感触か。

②蝶がそっと草葉の上に止まったのか。

美しく可憐な蝶を、痛めぬようにソッとつまんだ指先の物をつまんだとも思えぬ夢のように不確かな感触よ。（講談社版、『蕪村全集』第一巻、平成元年、二二九頁。）

蝶がつままれる客体となって、句のテーマはその人の指の感触である。明治の虚子から、この説となって受け継がれてきた。つまり①の指の感触である。

清水孝之氏の解釈

「どこからともなく美しい胡蝶が舞い下りて、ふわりと草葉にとまる。静かに羽を収めた姿は、わが魂が抜け出したかとも思われ、その草葉をつまむ感じも、うつつなき夢心地のようだ」

どちらかというと私は清水氏の方を選びたい。

ところで、みなさん、幼い時に蝶を手でつまんだ経験があるでしょうか。蝶をつかむと、指先に蝶の粉（鱗粉）がついてくることを経験したことがありますか。

現実の問題ですが、「うつつなき」なので、現実ではないが、蝶の指先が草葉をつかんでいる様子がかわいらしい。つまり、なんともいえない蝶の美しさを思い浮かべて、自分が蝶になったのか、蝶が自分になったのか、分からない気分だ。しかし、蕪村は、蝶を見ているのか、蝶を思い出してか、荘子の蝶の話を思い浮かべて、この句を作ったのかもしれない。江戸中期の荘子の評価は、どうなっているのか、気にかかる。

このような解釈について、高校生と話をしていたら、「国語は嫌いだ。数学の方が、答えがはっきりしていて好きだ」との答えが返ってきた。（私は、答えをいろいろ想像できるところが、作品の面白さだと考えているのだが。）

蕪村に同じような蝶の句があるので、紹介したい。

釣鐘にとまりて眠る胡てふ哉　　蕪村

この句の評として、栗山理一氏は、「概念の操作に手間どって、直截《ちょくさい》に感覚に訴えてくるものは空疎《くうそ》である。とくに「ねむる」という設定がまずい。失敗作というほかない」としている。しかし、そうであろうか。釣鐘と蝶の思わぬ出会いに、シャッターを切ったのは、現代人らしい感覚と思う。眠ると感じたのは蕪村であり、荘周を思い出していたのかもしれない。夕日に釣鐘が浮かびあがり、一匹の蝶が浮かび上がってくる光景を、写真に残しておきたいシーンである。

蝶の句としてのもう一つ、「夢買ひに来る蝶もなし冬牡丹」は、富士山の夢をみた後日の画の依頼を受け、その夢の中の富士山の絵を描き与えたのに添えて送ったユーモアのある句文である。荘周の蝶になる夢の話を踏んでいることがわかる。
もう一句　蝶の夢をあげてみると

春雨や菜めしにさます蝶の夢

自分は夢をもって俳諧や文人画の仕事をしているが、なかなか生活も豊かにならず、菜飯（貧しい食事のこと）を食べている。自分の夢は荘周の夢で終わるのだろうか。
荘周について、エズラ・パウンドの詩があるので載せておく。

やや宇宙的な古代人の知恵

荘周は夢をみた
自分が鳥や蜂や蝶になった夢をみてから
なぜほかのものとして感じる必要があるのかわからなくなり

それに甘んじることにした

この詩の表現に、蕪村と違う乾いた知的な感性を感じた。「それに甘んじることにした」の表現は、率直とも皮肉ともとれて面白い。ついでに、エズラ・パウンドのお墓参りに、イタリアのサン・ミケーレ島まで出掛けたことを思い出した。午後の日差しの中で、さりげなく置かれた百合の花束が浮かび上がってきた。サン・ミケーレ島には、定期便の船で訪ねて行った。

三　**「菜の花や月は東に日は西に」（安永三年一七七四）**

菜の花畑に来てみると、東に月が登り、西を振り向いてみると、日が沈もうとしている。スケールの大きい句であるが、同じような情景の歌を柿本人麻呂が万葉集で表現している。

「東の野にかげろひの立つ見えてかへり見すれば月かたぶきぬ」（一――四八　万葉集）

万葉集の中に、この歌があったということを、蕪村は知っていたと思われる。というのは、柿本人麻呂の一千年忌にあたる享保八年（一七二三）に、「正一位《しょういちい》柿本大明神《かきのもとだいみょうじん》」が与えられたとすれば、この歌を知っていたことになるからだ。

確か国語の教科書に出ていたような気がする。広々とした野原の光景を思い抱くのであるが、東の方から日が差し込み出すと陽炎のようなものが見えて、ぼーっと明るさが増してくる。振り返ると月が今、西に沈もうとしている。

同じ万葉集といえば、額田王《ぬかたのおおきみ》（天智天皇の妻）の恋の歌がある。額田王といえば、絶世の美人で歌の才能もあった人だとあり、才人だったと思うが、現代まで語り継がれているのには驚かされる。

茜さす紫野《むらさきの》ゆき標野《しめの》ゆき野守は見ずや君が袖ふる（額田王）

返しの歌として、

紫のにほへる妹を憎くあらば人妻故に吾恋ひめもやも　（皇太子大海人皇子でのちの天武天皇）

この歌は、天智天皇の妻の額田王に皇太子大海人子が送ったものである。以前、二人は結婚していたが、天智天皇に二人は引き裂かれてしまったという。つまり今も愛しいと思っているという相聞歌である。

今読むと、現在のこの忙しい時代を思い、こんなのんびりした歌など歌っていられない気持ちになる。今であれば、携帯やメールで連絡すれば、すぐ済みそうに思うが、味気ないといえば、味気ない今の世の中でもある。

四 「柳散清水涸《か》れ石処々」（柳ちり清水かれ石ところ〴〵）

寛保三年の晩秋、下総《しもふさ》・結城の俳句仲間の砂岡雁宕《いさおかがんとう》のところから東北への旅での途中の、遊行柳の前に立って詠んだ句である。この旅は、とても厳しい旅であったようだ。死の床で月渓らにもらしたことによると、「いやとよ、つら来しかたを思ふに、野総奥羽の辺鄙にありては途に煩ひ、ある時は飢えもし、寒暑になやみ、うき旅の数々」（几董編『から檜』）

この旅では、芭蕉の通った道を歩いていたら、栃木県の芦野にある遊行柳《ゆぎょうやなぎ》に着いた。芭蕉が訪れた時は、「田一枚植えて立去る柳かな」と詠んだように、春の季節だったが、蕪村が着いた時は水が枯れて石がところどころに見えていた。

この句は、晩年の自画賛によると、『後赤壁賦《こうせきへきのふ》』の「山高く月小に、水越ち石出づ」を想起して成ったといわれている。

遊行柳とは、栃木県の芦野にある柳のこと。西行の歌に、「道のべに清水流るる柳かげしばしとてこそ立ちどまりつれ」（新古今集）がある。西行は桜を愛したので、「西行桜」として「世阿弥」によって謡曲に創られた。この後、柳を主題に、観世信光《かんぜのぶみつ》（一四三五〜一五一六）が「遊行柳」として謡曲にしたことで、有名になった。

五　正岡子規による作品の美の分類

正岡子規は、前述のとおり蕪村の句を、はじめて世に出した人物である。それは、『俳人蕪村』からといわれている。その中で、蕪村の作品を六つの美に分類している。

第一　積極的美。これは、意匠の壮大、雄渾《ゆうこん》、勁健《けいけん》、艶麗《えんれい》、活発、奇警《きけい》なものをいい、古雅《こが》、幽玄、悲惨、沈静、平易な「消極的美」に対立する。いうまでもなく芭蕉の句は消極的美にきわまり、これに対して蕪村の芸術は積極的美によって成り立つというのである。同じように、第二　客観的美、第三　人事的美、第四　理想的美、第五　複雑的美、第六精細的美に分けられるというが、句によっては、きっちり分けられるとは限らないし、一つの美とは限らないものがある。ただ蕪村が知られていなかったのを現代の世に出した人物として、偉大な歌の人である。また、句の美を分類しようとしたのも、一つの視点として面白い。三四歳での死去は、とても残念に思われる。

正岡子規（一八六七～一九〇二）

慶応三年に伊予国《いよのくに》温泉郡藤原新町（現・松山市花園町）に生まれる。一八九二年、日本新聞社に入社。日清戦争に記者として従軍。一八八四年ころから俳句を創り始める。有名な句に「柿くえば鐘がなるなり法隆寺」がある。しかし、結核となり、病気のため三四歳没。

第六章　晩年の蕪村句

一　私と蕪村句

私が若い頃、勤務していた場所は郊外にあり、海が近く、後ろに山を控えており、春になって鶯《うぐいす》が鳴き始めるのを心待ちにしていたものだ。蕪村は旅をしていたので、かなり鶯の鳴き声を聞いていたのであろう。鶯の鳴き声を聞くと、なんだか穏やかな、嬉しい春の気持ちにさせてくれる。今の住まいの近くでも鶯が鳴いていたが、新しい住宅が建ち並びだすと、いつのまにか鶯の声は聞かれなくなってしまった。鶯は、どこに行ってしまったのだろうか。少し前まで、鶯は日本の春の鳴き声の代表ではなかったかと思う。今も職場の近くが開発されていなければ、この風景は保たれているであろう。

春になると、小高い山は、山桜が一斉に咲き、薄いさくら色を山に広げる。私にとっても、今では懐かしい風景となっている。建物のまわりには、わずかばかりの田んぼがあり、朝、夕に聞く蛙の声が大きいのには驚いたものだった。道端には、梅の花が咲き、春らしい景色となる。

〈鶯〉 仕事の合間に聞く鶯の声から

うぐひすのあちこちとするや小家がち （明和六年、一七六九）

鶯の声遠き日も暮にけり （明和六年、一七六九）

鶯の二声はなく枯木かな （安永二年、一七七三）

うぐひすや家内揃ふて飯時分 （安永五年、一七七六）

うぐひすの啼くや小さき口明けて （安永六年、一七七七） 蕪村六一歳ころ

〈山桜〉 昼休みの散歩道から

海手より日は照りつけて山桜 （安永四年、一七七五）

ゆく春や逡巡《しゅんじゅん》として遅桜《おそざくら》 （天明二年、一七八二）

〈芹〉　山と海に囲まれた少しばかりの田んぼの様子から
これきりに径《こみち》尽たり芹の中　（明和六年か、一七六九）
〈春の海〉　横須賀市の野比の海から
春の海終日のたりのたり哉　（宝暦一三以前、一七六三）
海べりの山を背にした職場の風景を楽しんだ日々が懐かしく思い出された。

二　晩年（安永年間）の作品

ここでは、私の好きな作品を選ぼうとしたが、余りにも数が多くなったので、安永年間の句から選ぶことにした。蕪村の安永年間といえば、安永元年～安永九年（一七七二～一七八〇）で、蕪村五七歳から六五歳までとなり、人生の晩年の作品となる。私が安永年間から選んだ理由は、晩年の作品は、二十歳代、三十歳代、四十歳代を経て、完成の域に達していると考えたからである。

安永年間の句から

日の光今朝や鰯《いわし》のかしらより　　安永元年

昔、節分の日に厄除けとして、鰯の頭を飾り付けたという。立春の朝に、その頭から出る太陽を拝むと、厄除けができるのが、その時代の習わしだったのだろう。春ともなると、「鰯の頭も信心から」で、厄除けができたという安心感もあろう。蕪村は、当然、鰯の頭を信じていないだろうから、春になった喜びを感じていたのであろう。全体として、ありふれた素材だが「日の光、今朝、鰯のかしらより」が強く感じられて、面白い表現となっている。

うつつなきつまみごころの胡蝶哉　　（六九頁参照）　安永二年

菜の花や月は東に日は西に　　（七四頁参照）　安永三年

ゆく春やおもたき琵琶《びわ》の抱きごころ　　安永三年

この句は、若いときの作品と思っていたが、安永三年の句で、かなりの年齢になってからのものである。琵琶を弾いている人を見て、青春を回想しているのかもしれない。私は琵琶となると、平家物語を思い起こす。「祇園精舎の鐘の声、諸行無常の響きあり。沙羅双樹の花の色、盛者必衰の理をあらはす。おごれる人も久しからず、ただ春の夜の夢のごとし。猛きものも遂にはほろびぬ、ひとへに風の前の塵に同じ」

この句の中の言葉として、「おもたき琵琶の抱きごころ」の表現はとても巧みであると思う。心憂い春のことを思い起こして、故郷の父母のことや過ぎた日々のことを懐かしんでいるのではなかろうか。

写真でみた当時の遊郭の角屋に「琵琶」の屏風があったので、実際に置いてあったのかもしれない。それを抱いて、その重さは春のけだるいような抱きこころだったのかもしれない。

かの東皐《とうこう》にのぼれば　　安永三年
花いばら故郷の路に似たるかな

東皐は、陶淵明《とうえんめい》の詩句の「東皐ニ登リテ以テ舒ニ嘯キ、龠嘯《やくしょう》清流シニ臨ミテ詩ヲ賦ス」（古文真宝後集)、東皐は水辺の地を意味しているので、東の堤とすれば故郷のことをさしている。

蕪村の句に、花いばらが出てくると、どうしても故郷で遊んだ日々のことが懐かしく思い出される。淡い郷愁とでもいうものだろう。


路たえて香にせまり咲くいばらかな　　安永四年

花いばらの句として、

愁《うれ》ひつつ岡にのぼれば花いばら　　安永六年

前の句と違い、愁いながら岡にのぼると、そこで故郷にあった花いばらをみつけたという意味で、青春の若々しさが感じられる。何の愁いなのだろうか。明るい感じの句であり、この点が芭蕉と異なるのであろう。

どちらの句も、花いばらが主題となっているところは、蕪村らしいやさしい趣である。どちらかというと花いばらに焦点があり、花いばらは故郷への想いであるから、青春の日を思い出させる句でもある。

門を出ずれば我も行人秋の暮　安永三年
門を出て故人に逢ひぬ秋の暮　安永三年

似たような句であるが、芭蕉がいった「この二句の間、いずれ然るべきや」を踏襲したものと思われる。前者の句もよく知られていると思うが、安永三年（一七七四）、秋の暮れは何となく物悲しさを覚える。秋の暮れは何となく重くさびしく、自分の今まで来た道はと考えると、風に吹かれていくようなものだ。この句に対して、同時に作った句として、「故人に逢ひぬ」、これはつまり芭蕉に逢ったという意味である。芭蕉の生き方と同じ自分の生き方を確認できた夕暮れのことだ。

「門を出て故人に逢ひぬ秋の暮」に対して、朔太郎は、芭蕉の句の「秋ふかき隣は何をする人ぞ」に双璧し、蕪村の句の中での名句としている。私は、「門を出ずれば我も行人秋の暮」の方が秋のさびしさにふさわしく思われる。

夕風や水青鷺《みずあおさぎ》の脛《はぎ》をうつ　安永三年

夏の夕方、心地良い風が吹いている。水辺の青鷺の脛を、揺れているさざ波が濡らしている。カメラの焦点が青鷺の脛に合わされて、繊細で美しい脛をイメージでき、夏の光景の一シーンを作っている。

老いが恋忘れんとすれば時雨かな　　安永三年

句会の「時雨」の題による即興といわれている。自分の焦がれる人への思いは、忘れようとするけれども忘れられないものである。時雨の音がするけれども、(小糸への想い?を) 忘れられない自分がいる。年齢が高くなってからの恋とすると、自分の中で恋しく思っているのではないかと想像したが、実際、蕪村は年老いてから小糸への恋が始まっていたので驚かされた。恋というより、思慕の念ではなかろうか。

この句について、森本氏は、蕪村は芭蕉に尊敬の念を抱いていて、芭蕉の敬愛した宗祇へも親愛の情を抱いていたと思われるので、宗祇の師の心敬《しんけい》にも興味をもつことは当然の流れであるとし、心敬の作品が蕪村に影響していると述べている。蕪村は、そのことを書いてはいないが、故郷のない者同士として、心に刻んでいたのではないかとも述べている。

おもひすつれば雨のゆふぐれ　　心敬

心敬は、応仁の乱で京を追われ、相模の大山の麓に隠棲《いんせい》し、故郷には帰らなかった。故郷に帰れないという境遇が蕪村の心に残ったのかもしれない。

愚に耐よと窓を暗うす雪の竹　　安永三年

愚に耐よというのは、この時代の俳諧に対する低俗さに、堪えよと自分に言い聞かせているとも思う。もうこの年齢（蕪村五九歳）に来ていると、生活もある程度安定していると思うが、やはり世間の俗っぽさには怒りすら覚えてくるのだろう。朔太郎は、「獨り芭蕉の精神を持して孤獨に世から超越した蕪村は、常に鬱勃《うつぼつ》たる不満と寂寥《せきりょう》に耐へないものがあったらう」と述べている。蕪村は、たくさんの句や画を残しながら、長い間忘れられた人でもあり、そのことを思うと蕪村自身には、かなり激しいものと心残りのさびしさがあったろうと想像される。

遅き日のつもりて遠きむかし哉　　安永四年

誰でも知っている句だと思うし、昔のことを「つもりて遠きむかし」などとはとても表現できない。そして、この句について朔太郎は次のように述べている。

「蕪村の情緒、蕪村の詩境を単的に詠嘆してゐることで、特に彼の代表作と見るべきだろう。この句の詠嘆してゐるものは、時間の遠い彼岸に於ける、心の故郷に對《たい》する追懐であり、春の長閑《のどか》な日和の中で、夢見心地に聴く子守唄の思い出である。そしてこの「春日夢」こそ、蕪村その人の抒情詩であり、思慕のイデアが吹き鳴らす「詩人の笛」に外ならないのだ。」

朔太郎の評価は、「つもりて遠きむかし」によって大胆に蕪村の心情を推し測っているところが素晴らしいと思う。

白梅や誰が昔より垣の外　　安永四年

いつの頃か、垣根の外に咲いている白梅。垣の外という表現はなんとなく奥ゆかしい人が住んでいたのではと想像させる。やさしい人の面影は、自分の思い出の母なのかもしれない。

白梅の句として、

「しら梅の枯木にもどる月夜哉」（明和七年）がある。梅の句はかなりあるが、白梅は特別なものなのかもしれない。また、最期の句としても、

「しら梅に明くる夜ばかりとなりにけり」がある。

陽炎《かげろう》や名もしらぬ虫の白き飛　　安永四年

陽炎に名前の知らない虫たちが飛んでいる。一つの情景のスケッチではあるが、名も知らぬ虫たち（つまらない俳諧の虫たち？）なのか、昔どこかで見たちょっとした風景なのか。「名もしらぬ」虫の表現が面白い。

安永五年　娘「くの」の結婚

ぼたん切て気のおとろひしゆふべ哉　　安永五年

牡丹句には、いろいろあるが、ここでは、本当に牡丹を切った後のなんともいえない気分のゆうべであることよ。切った後の気分の衰えを感じている。年齢からくる衰えと、「くの」が嫁いだ寂しさもあるのではないか。

牡丹の句として、

牡丹散りて打ち重なりぬ二三片　　安永九年

ちりて後おもかげにたつぼたん哉　　安永五年

さびしさのうれしくも有《あり》秋の暮　　安永五年

「くの」が嫁いだ後の父親の秋の句と思われる。結婚の祝いも盛大にやってお嫁に出した父親の心境ではないだろうか。

老懐

去年より又寂しいぞ秋の暮れ　安永五年

芭蕉去りてそののちいまだ年くれず　安永五年

詞書が長いので、大切な部分のみ記す。

「――略――としくれぬ笠着てわらじはきながら　片隅によりて此句を沈吟し侍れば、心もすみわたりて、かゝる身にしあらばといと尊く、我ための摩訶止観《まかしかん》ともいふべし。蕉翁去て蕉翁なし。とし又去や又来るや。」

摩呵止観は、摩訶止観の誤りとしているが、「我ための摩呵止観」でも面白いと思う。芭蕉が亡くなった後、だれが後を継ぐ世になるのだろうか（摩訶止観は仏教の用語）。

灌仏《かんぶつ》やもとより腹はかりのやど　安永六年（新花摘）

其角が母の追善のためにおこなった企画で、『花摘』にならったものである。

安永六年　「くの」離婚

蕪村『春泥句集』、序（安永六年一二月）

春興帖『夜半楽《やはんらく》』に、「春風馬堤曲《しゅんぷうまていのきょく》（一八首）」「澱河歌《でんがか》三句」「老鶯児《ろうおうじ》」

三部作の一として発表した。「馬堤曲」の題名は、楽府の「大堤曲」にあやかったもので、『夜半楽』

の書名は、楽曲を伴う詩としての「曲」や「歌」を収めるところから出たものであるとされている。

「春風馬堤曲」について、「柳女（鶴英の妻）、賀瑞親子」宛の手紙には、

さてもさむき春にて御座候。いかが御暮被成る候や、御ゆかしく奉存候。しかれば春興小冊

漸出板に付、早速御めにかけ申候。外へも乍御面倒早々御達被下度候。延引に及候故、片時

はやく御届可被下候。

春風馬塘曲　馬堤は毛馬堤《づつみ》也。則《すなわち》余が故園也。

余、幼童《ようどう》之時、春色清和《せいわ》の日ニハ、必《かならず》友たちと此《この》堤上ニ上りて遊び候。水ニハ上下ノ船アリ、堤ニハ往来ノ客アリ。其《その》中ニハ、田舎娘の浪速ニ奉公して、かしこく浪花の時勢粧《じせいしょう》に倣《なら》ひ、髪かたちも妓家の風情《ふぜい》をまなび、□伝(虫食い)・しげ太夫の心中のうき名をうらやみ、故郷の兄弟を恥いやしむもの有。されども、流石《さすが》故園の情ニ不堪《たえず》、偶《たまたま》親里に帰省するあだ者成《なる》べし。浪花を出てより親里迄の道行《みちゆき》にて、引道具の狂言、座元夜半亭と御笑ひ可被下《くださるべく》候。実は、愚老懐旧のやるかたなきよりうめき出《いで》たる実情にて候。――略――。

春風や堤長うして家遠し　　安永六年

蕪村の春風馬堤曲の中の句である。蕪村が描いているのは、故郷へ帰る娘たちの姿である。この作品は、俳句と漢詩とその中間をつなぐ連句で創られている。蕪村としては、望郷の念が高まり、自分の生い立ちについても思い浮かべているのであろう。詩の終わりには、自分を待つ母の姿を思い浮かべているように思われる。ここでは、長い俳詩ともいうべき作品は取り上げないで、機会があったら本に書いてみたい。

北寿老仙《ほくじゅろうせん》をいたむ（五一頁参照）　安永六年発表か

散るたびに老いゆく梅の木末かな　安永七年

蕪村自身の老いを重ね合わせているようだ。梅の花が咲いて、また散って、年を経るごとに、梅は老いていく。そんな気持ちを詠んだものと思う。

足よはのわたりて濁る春の水　安永九年

実際に春の水に浸かったのか分からないが、情景として描いているのかもしれない。足が弱い人となると、女、子ども、老人となる。若い女性をイメージすると、白いきれいな足が想像され、川を渡る様子と今まで澄んでいた水が濁る様子が浮かぶ。子どもや老人でも、同じ様子が目に浮かんでくる。「濁る春の水」という表現はうまいと思う。

葱《ねぎ》買て枯れ木の中を帰りけり　安永七年

風景としては、寒々とした冬のある日、葱を買って急いで家路につくという内容である。これから想像できるのは、現在の多くの庶民、しかも貧しい人々が、それでも家族で食事をしようとしている姿である。この句に対して朔太郎は、「この句の語る一つの詩情は、かうした人間生活の「侘び」を高調している。それは、人生を寂しみながら、同時また懐かしく愛しているのである。芭蕉の俳句にも「わび」がある。だが蕪村のポエジイするものは、いっそう人間生活の中の直接実感した侘びであり、特にこの句の如きはその代表的な名句である。」と述べている。

現代の都会の生活では、加工食品になれてしまい、寒々とした夜道に葱を買って帰るというシーンはだんだん見られなくなっていくだろう。そしてこのようなシーンに対して、一つのノスタルジアを感じるのである。

我も死して碑に辺《ほとり》せむ枯尾花（三八頁参照）　安永六年

我《わが》帰る路いく筋ぞ春の艸《くさ》　安永六年

「我帰る」詞書

詞書には二通りあるが、ここでは新しい方を取り上げる。大魯《たいろ》に、直接送られたものである。句会では「春草」が取り上げられた。

「客遊して諸子と和田の岬に会す。題を探《さぐり》て偶《たまたま》春艸《(草)》を得たり。余感慨に堪《たえ》ず。しきりに思ふ、王孫万里今なほいづちにありや。故園の春色誰が為めに去来す。王孫の君が遠遊にならふべからず、君が無情を学べからず。」

右書似芦陰舎正（右の書を大魯に与える。芦陰舎は舎号）『夜半亭蕪村句集』（乾《いぬい》木水「新蕪村句集の再発見」「俳句研究」昭和九年六月号）

大魯に対しての言葉であるが、「大魯に出会い、春艸という題をもらった。自分は、とてもよい題をもらったと思う。あなたは、どこを流離《さすら》っているのか。（自分にむけてのことばでもある。）故郷の春は、誰のために巡ってくるのか。大魯よ、故郷を捨てないでおくれ。」

しかし、句は創られた意図とは別に、一般の人にも読まれるので、前述のような解釈でなくても、この句は独立していて、私は好きな句である。自分は、いくとおりでもある路のどこを通って帰ろうかな。あるいは人生において、どのような路を辿って帰ろうかな。

吉分大魯《よしわけたいろ》　出生不詳〜一七七八

江戸中期の俳人。元徳島藩士であったが、仕事を辞めて京都に出て俳諧師となった。与謝蕪村の門人であったが、性格がぎすぎすしているので、門人たちとうまくいかず、不幸な人生となった。大阪勤番中に遊女と駆け落ちをして脱藩したという説もある。四九歳没といわれる。

第七章　蕪村句の理解のために

一　仲間・弟子たちに恵まれていた

句のほうでも、画のほうでも多くの付き合いがあったと思されているが、蕪村の性格から余り多くの人たちとの付き合いはなかったのではないだろうか。彼にいわせれば「俗物」と思われる人との付き合いは少なかったと思われる。しかし、自分の門人たちに対しては、添削などもしっかりしており、よく弟子のことは気にかけていたと思われる。

その中でも、太祇《たいぎ》、召波《しょうは》、大魯《たいろ》、几董《きとう》、月渓《げっけい》、結城・下館の人々など、忘れられない人もいたことだろう。何人かの弟子たちを紹介してみよう。

① 炭《たん》太祇　宝永六年（一七〇九）～明和八年（一七七一）　六三歳

太祇は蕪村と並んで長老・指導者であったので、六三歳で亡くなったことは、蕪村にとってさぞかし力を落としたことであろう。夜半亭の一門にとっての功労者であり、太祇の死は惜しまれてやまない。太祇は、三三頁で述べたように、佛の道に入ったものの、考えるところがあって環俗し、京の島原の遊郭内に不夜庵を持ち、芸能人や遊女、豪商の人たちなどで賑わっていたという。不夜庵を持てたのは、島原の桔梗屋主人の呑獅《どんし》のおかげといわれている。そこで、太祇は多くの人たちに俳諧を教えていた。実力ともに活動的な人物であったらしく、頼まれれば人の世話もしていたらしい。太祇句集を創るに当たっての熱心さは「仏を拝むにも発句し、神にぬかづくにも発句」したといい、その句の数の多さに驚いたと蕪村は述べている。太祇が亡くなった四か月後に召波が亡くなっている。

② 黒柳召波　享保一二年（一七二七）～明和八年（一七七一）　四五歳

召波は、蕪村が期待していた人物であったようだ。七回忌に当たり、息子の維駒《これこま》が召波の句集『春泥句集』を刊行たが、蕪村の序は、一四ページにわたっているという。蕪村の最古参の一人で、太祇と並んで、一門を繁栄させたといわれている。

召波の終焉について、蕪村は次のように述べている。

「おしむべし、一旦病にふして起ツことあたはず、形容日々にかじけ、湯薬ほどこすべからず、預め終焉の期をさし、余を招て手を握て曰く、恨らくは叟とともに流行を同じくせざることを、と言終て涙潸（?）然として泉下に帰しぬ。余三たび泣て曰、我俳諧西せり、我俳諧西せり。」

蕪村は、我が俳諧は西の浄土に行ってしまったというむなしい胸のうちをいっている。

召波で有名なのは、離俗論である。

「俳諧は俗語を用て俗を離るるを尚ぶ、俗を離れて俗を用ゆ…」（三三頁）

また、召波の一三回忌の『五車反古《ごしゃほうぐ》』に、蕪村は序を寄せている。

「維駒、父の一三回忌をまつるに、集ゑらみて五車反古といふ。ふかき謂あるにあらず。父の号《なづ》けたる成べし。…」

この序について、蕪村は、具合が悪くて書けないので序を延ばしていたら、維駒がきてひそかに原稿を奪い去って行った。自分は追わなかったが、他日、そのことを書して序とすると述べている。

③　吉分大魯　生年不詳〜安永七年（一七七八）　四九歳か

阿波（徳島）藩士であったが、京都に出て俳諧師となった。蕪村に入門したが、蕪村一門の人たちとうまくいかなかったという。大魯は、どちらかというと純粋で真っ直ぐな性格のため、一門の人たちと合わなかったのかもしれない。そのことについて、蕪村や几董は、心を痛めていたものと思われる。実際、大魯は、大阪の方で、宗匠《そうしょう》となっている。蘆陰舎とも号している。几董は生涯付き合いがあり、没後、几董により『蘆陰《ろいん》句選』が編集されている。

蕪村の句

我帰る路いく筋ぞ春の艸

を、蕪村自身、書にしたためて、大魯に送っているところをみると、やはり大魯の生き方について、心配している様子が伺われる。蕪村の期待した大魯も、安永七年、蕪村よりも先に亡くなっている。

④　高井几董　寛保元年（一七四一）〜寛政元年（一七八九）　四九歳

几董は高井几圭《きけい》の二男である。明和七年、与謝蕪村に入門している。蕪村のいうことをよく聞き、よく門人の世話をしている。たいていは、蕪村が序を書いて几董が編集をしていた。夜半亭二世の話があった時、几董は遠慮しており、また、周りも几董が若いということで、蕪村を推していた。

かれは、嫌がることもなく、蕪村に二世を譲っている。蕪村もかれを信頼していたので、安心して夜半亭二世を継ぎ、夜半亭三世を几董に渡すことを約束した。几董には、編著に「其雪影」「あけ烏」「続明烏《ぞくあけがらす》」「蕪村句集」などがある。自選句集に「井華《せいか》集」があり、上巻には『春・夏』を、下巻に『秋・冬』がある。

蕪村をよく助け、夜半亭二世のために、よく働いたと思われる。

⑤ 松村月渓　宝暦二年（一七五二）〜文化八年（一八一一）

京都の人で、俳人でもあり、画家でもある。画としての才能は早くから認められ、画家として有名であり、呉春とも称している。呉春の絵は詩趣に富んだ花鳥画・風景画を描いており、画に関しては、四条派の祖ともいわれている。

蕪村は、亡くなる前に月渓を呼び、最期の句を書きとめるようにいっている。一番、蕪村からみれば若かったのだろう。

月渓の絵は、多くの人に好まれたのではないだろうか。蕪村の流れは、句より画で活かされたように思う。

⑥結城・下館の人々

当時の結城・下館は、今と違って、利根川に近く、豪商たちが住んでおり、蕪村にとって自分を培うには、良い土地柄だったのではないだろうか。ここで、僧侶の修行もしながら、あちこちの見聞を広め、良き友を得たのであろう。

ここには、雁宕《がんとう》、雁宕の親戚の早見晋我《はやみしんが》(北寿老仙人)、その長男桃彦《ももひこ》などがいた。晋我は晋我の父「我尚」に誘われて江戸で俳諧を其角の門に学んでいた。宝井其角《たからいきかく》(芭蕉の高弟)は、晋我やその父親の誘いで、結城の早見家を訪れていることを考えると、やはり余裕のある人たちだったのだろう。下館の風篁《ふうこう》などにも世話になっている。

その他として、道立《どうりゅう》、同門の人たち、上田秋成、毛越《もうおつ》、雲裡坊《うんりぼう》、鉄僧《てっそう》、竹洞《ちくとう》、印南《いなみ》、峨眉《がび》、百墨《ひゃくぼく》(自笑)、池大雅《いけのたいが》、暁台《きょうたい》、鷺十《ろじゅう》、竹渓《ちくけい》、両巴《りょうは》、樗良《ちょら》、嵐山《らんざん》などは良き仲間だったのだろう。

二　作品のもつ背景について

芭蕉と蕪村を比べると、芭蕉句は幽玄やさびのある句といわれる。それに比べ、蕪村句は美しさ、明るさ、広大さなどがどの年代を通しても感じられる。語彙の使い方、選び方、テーマの捉え方、写生句といえども、見事に表現できている。しかし、われわれ日本人にとって、わびさびの方が、深味があってよいという人もいるであろう。蕪村の句はどのようにしてできたのだろうか。

①師と仰いだ人・宋阿

蕪村が最初に出会った宋阿の影響は大きいと思われる。若い蕪村にとって、暖かい師だったのではないかと想像される。蕪村は、その後、特別に師を求めていない。蕪村のいう「離俗論」に近い教えを受けたのであろう。また、「芭蕉に帰れ」という教えも生涯、忘れなかったのである。宋阿は、師として、其角や嵐雪に学んでおり、芭蕉派の人である。

②旅に出て学ぶ

旅に出ることで、歴史を知り、遺跡や物語に出会い、心が震えたこともあっただろう。奥羽地方の旅は、芭蕉も出掛けており、学びの場となっていたと思われる。蕪村は、その道中ところどころで、宿を請いながらの旅ではあったが、画を請われれば襖絵などを描き、画の技法なども磨いていったことだろう。しかし、苦労も多かっただろう。

句（俳諧）と画（絵画）についても、ここでは特に画については取り上げていないが、彼の落款は、たくさんある。つまり、画を頼まれて描くにせよ、気に入ったものばかりでもなかったのだろう。落款が多いことは、時々、適当な名前にしたのかもしれない。句と画の関係ついては、次の機会に取り上げたい。

③ 努力の人――分からないことは自分で求める

蕪村は人生六八歳で世を去っているが、彼の生い立ちから作品の数々、書簡集などにも触れてみると、六八年の人生は私からみれば、エネルギッシュに生きたと思われる。恵まれない時代には、くやしい思いもしただろうが、良い作品がたくさん残っている。

生い立ちが恵まれなかったとはいえ、その後活躍している人はどの時代をみても、真剣で努力家である。つまり、この時代の人々は、一人でなんでもやれていることがわかる。その一人、池大雅も画で名が通っているが、書家でもあるという。上田秋成も小説家でもあり、俳諧もやっていたというし、上田秋成の『也哉抄《やかなしょう》』には、蕪村は序文を書いている。画を描き、句を創る人なども結構いたのではないかと推測される。

蕪村は描くための方法を学ぶために、自分から進んで画のある場所に出向き、独学で学んでいる。修業時代は、学びながらも画を依頼されれば、出向いている。これだけの仕事を、一代で成し遂げることは大変な努力のいることだったのだろう。

三　蕪村の一門が、なぜ続かなかったのか

①　蕪村の活躍の時期が遅かった

蕪村の生計は画業で、その合間に俳諧に親しんでいた時期があったので、蕪村の俳諧での活躍時期が遅すぎた。つまり、夜半亭二世になるのが遅かったのではないか。また、「芭蕉に帰れ」の運動も影響しているのではないか。

晩年の蕪村は、明和九年から安永年間の活躍がすばらしく、几董編による「其雪影」や、安永二年には句集「あけ烏」に序文を書いている。同三年には宋阿三三回忌追善集「昔を今」、同五年蕪村六一歳で金福寺芭蕉庵を作り、寫經社《しゃきょうしゃ》を起して「寫經社集」を編集している。この年の句集「続明烏」が生まれている。同六年には「太祇句選」「春泥句集」で亡き人を慰め、「夜半楽」を編集し、かつ「新花摘」に筆をとった。蕪村の活躍は最盛期を迎えた。

同八年には亡き召波のため「五車反古」を完成させ、京都の俳諧においては、蕪村の活躍が大きかったことだろう。しかし、その後しばらくして蕪村は亡くなっている。つまり蕪村の活躍の時期が遅かったのではないだろうか。

初春
しら梅に明《あく》る夜ばかりとなりにけり（天明三年）（一七八三）

図7　写真

② 蕪村に続く人がいなかった

夜半亭三世となった几董はどちらかというと誠実な人柄であり、夜半亭を続けられなかったのではないだろうか。また、月渓は絵画のほうにいって四條派の祖となっている、蕪村は、俳諧中興の祖となり、その後、天明から寛政へと続くが、文化年間には衰退し、文政以後はまったくみることがなくなった。

蕪村は、宋阿を師としている。宋阿は其角・嵐雪（芭蕉の流れ）に学んでおり、宋阿の流れは宋屋、几圭、蕪村と続き、蕪村俳諧を続けるには几董しかいなかった。

また、当時は、蕪村より前の元禄時代の芭蕉の影響が大き過ぎたことと、蕪村たちの「芭蕉に帰れ」の影響もあって、蕪村の存在が忘れられていったのだろう。蕪村句の離俗論も一般には分かりづらかったのではないだろうか。家系的にも娘くのや妻が蕪村の跡を引き継げなかったことなどがあげられる。

いずれにしても、忘れられる時期のあった蕪村であるが、教科書の影響か、今では蕪村の句の一つ二つは日本人では知らない人がいない時代になっている。日本の文化を守るためにも、たまには古典に遊ぶのも良いのではないかと考えている。

おわりに

『蕪村と花いばらの路を訪ねて』を楽しんでお読みいただけたでしょうか。

私としては、楽しんでもらうための工夫をしたつもりですが、いかがでしょうか。あれこれたくさんのお話を入れ過ぎたのではないでしょうか。

いばらの花は白い小さな五弁の花を夏になると咲かせます。いばらは、日本各地に自生しているといわれています。清楚な地味な花ですが、かえって親しみを覚えます。蕪村は、いばらの花に出会うと、幼い頃の花いばらの路を思い出してなつかしんでいます。きっと父母の面影や淀川の土手の風景などを思い描いていたのではないでしょうか。

現代の都会のコンクリートの道に慣れた人にも、野に咲く自然の花の香りは、心を豊かにしてくれると思います。野を吹く風に、ふと自分の歩んだ路を振り返りたくなります。

蕪村の句は、二八〇〇余りの数になり、到底全部は紹介できないので、蕪村の生きてきた道を辿りながら、晩年の作品をいくつか取り上げました。すると、青春の句や妖怪の句などを取り上げることができませんでした。また、蕪村は、本の中ではとりあげませんでしたが、句のほかに、画（絵画）もたくさん描いています。描きながら、表現の方法などを学んだり、工夫したりしていたと思います。もし、機会があれば本にまとめたいと思っています。

さて、原稿を書くにあたり、私が一番困ったのは、作品についての背景などの確認や蕪村の友人や弟子の関係などの確認に手間取りました。また、蕪村の「君あしたに去ぬ」の作品を東大の図書館まで、探しに行ったことです。暑い夏の日に、東大の図書館まで行って、作品に出会えたことはとてもうれしい出来事でした。

うれしかったこととして、国文学のことがわからず、飯倉洋一先生、玉城　司先生にお教えをいただいたことがありました。深く感謝申し上げます。

私にとって、この原稿の仕事は、お正月の煩わしさから逃れ、打ち込めたことはとても充実した時間となりました。蕪村や召波、太祇、大魯、几董などの様々な生き方も学びました。たくさんの句にも接することができました。

このように一冊にまとめられたのも、東信堂の下田勝司社長ご夫妻の温かい励ましのおかげと感謝しております。

花いばらの路に迷って　　　　てらやまちよこ

与謝蕪村略年譜

享保元年（一七一六）　当歳　摂津国東成郡毛馬村（現都島区毛馬町）に誕生。

二十年（一七三五）　二十歳　この頃までに江戸に下ったようだ。

元文二年（一七三七）　二二歳　江戸日本橋本石町の夜半亭巴人（宋阿）の内弟子として同居。

三年（一七三八）　二三歳　「夜半亭歳旦帖」に、宰鳥号で発句一句入集。

四年（一七三九）　二四歳　其角・嵐雪三十三回忌集「桜桃」に宰鳥号で発句一句入集。

寛保二年（一七四二）　二七歳　夜半亭巴人（宋阿）没。江戸を去り、雁宕を頼り下総結城へ。弘経寺（雁宕菩提寺）に住み、宝暦元年まで関東・東北地方を遊歴。

延享元年（寛保四）（一七四四）　二九歳　宇都宮で「歳旦帖」を刊行、初めて「蕪村」号を名乗る。

二年（一七四五）　三十歳　結城の早見晋我没（三三回忌に「北寿老仙を悼む」）。

三年（一七四六）　三一歳　巴人門の宋屋が十月二十八日結城で「蕪村が画にくはしきをみる」『杖の土』。

寛延元年（延享五）（一七四八）　三三歳　結城・下館を拠点に奥羽行脚。この頃、一時江戸へ。

宝暦元年（寛延四（一七五一）　三六歳　京に上り、毛越編『古今短冊集』の跋文を書く。

四年（一七五四）　三九歳　丹後宮津の見性寺（住職・竹渓）に寄寓、同地で画をかく。

七年（一七五七）　四二歳　宮津の真照寺（住職・鷺十）に「天の橋立図賛」を残し、帰京。

八年（一七五八）　四三歳　宋阿十七回忌追善集「戴恩謝」に入集。

十年（一七六〇）　四五歳　還俗して与謝姓を称す。この頃結婚したのか。

十一年（一七六一）　四六歳　雲裡坊（再会できず）没。

明和元年（一七六四）　四九歳　屏風講のために「山水図屏風」等を描く（明和三年まで）。

三年（一七六六）　五一歳　六月二日、鉄僧の大来堂で初めて三菓社句会を開く。

九月、妻子を残して画業で讃岐へ。

四年（一七六七）　五二歳　三月、宋屋一周忌のため一時、帰京、再び讃岐へ。

五年（一七六八）　五三歳　四月末、帰京。五月六日三菓社句会再開。「平安人物志」

画家の部に登載（四条烏丸東入ル町）。

七年（一七七〇）　五五歳　三月、巴人の夜半亭を継ぎ、宗匠立机。七月、几董入門。

八年（一七七一）　五六歳　歳旦帳『明和辛卯春』刊。

八月九日太祇没、十二月七日召波没。

安永元年（一七七二）　五七歳　几董編「其雪影」刊。「太祇句選」に序。

二年（一七七三）　五八歳　樗良を迎えて「此ほとり」歌仙を巻く。几董編「明烏」刊。

三年（一七七四）　五九歳　『春興帖』刊。秋成の「也哉抄」に序。暁台・士朗らを迎えて俳諧。綾足没。

四年（一七七五）　六〇歳　『夜半亭歳旦帖』刊。『平安人物志』画家の部に登載（仏光寺烏丸西入ル町）。

五年（一七七六）　六一歳　金福寺境内に芭蕉庵再興を企図して「洛東芭蕉庵再興記」を執筆。写経社句会結成。几董編「続明烏」刊。秋成「雨月物語」刊。十二月、娘くの結婚。

六年（一七七七）　六二歳　春興帖『夜半楽』刊（「春風馬堤曲」収）。『春泥句集』序執筆。娘くの離婚。求めに応じて「奥の細道図」をこの頃から多く描く。

七年（一七七八）　六三歳　「野ざらし紀行図巻」を描く。「謝寅」を画号に用る十一月十三日、大魯没。

八年（一七七九）　六四歳　檀林会（連句会。蕪村宗匠、几董会頭）を結成。義仲寺に暁台を訪ねる。

九年（一七八〇）　六五歳　「桃李（ももすもも）」刊。十一月十六日、樗良没。

天明元年（一七八一）　六六歳　芭蕉庵を再興、自筆「洛東芭蕉庵再興記」を金福寺に奉納。

二年（一七八二）　六七歳　三月、吉野へ。五月『花鳥篇』刊。

三年（一七八三）　六八歳　三月、暁台を後援して芭蕉百回忌追善俳諧に参加。九月、宇治田原へ。十月、病気がち。十一月、「五車反古」刊。十二月二五日未明、他界。

参考文献

獺祭書屋主人、俳人蕪村　第二編、ほととぎす発行所、一八九九
俳書堂編、類題蕪村全集、俳書堂、一九〇七
乾木水解説、蕪村の俳諧学校、書画珍本雑誌社、一九二四
潁原退蔵編、太祇句集、天青堂、一九二六
伊藤松宇校訂、蕪村七部集、岩波文庫、一九二八
河東碧梧桐編、蕪村十一部集、春秋社版、一九二九
萩原蘿月校訂、蕪村七部集、改造文庫、一九三〇
乾　猷平編著、蕪村句集、大阪毎日新聞社、一九三三
潁原退蔵編、蕪村俳句集、岩波文庫、一九三三
山本三生、俳句文学編、改造社、一九三四
萩原朔太郎、郷愁の詩人与謝蕪村、第一書房、一九三六
潁原退蔵編、俳諧文学、河出書房、一九三八
綿屋文庫編、几董句稿九、天理図書館、一九四五

大礒義雄・清水孝之編、新花摘、武蔵野書院、一九五三
藤岡通夫編、すみや、彰国社、一九五五
暉峻康隆、近世俳句、學燈社、一九五六
清水孝之、蕪村の解釈と鑑賞、明治書院、一九五六
森本哲郎、詩人与謝蕪村の世界、至文堂、一九六九
河野元昭、結城・下館時代の蕪村画、鑑賞第三二巻、日本古典文学　蕪村・一茶、角川書店、一九七六
尾形　仂、芭蕉・蕪村、花神社、一九七八
栗山理一編、芭蕉・蕪村・一茶、雄山閣出版、一九七八
渡辺謙馨、蕪村と結城・下館、筑波書林、一九八〇
中村草田男、蕪村集、大修館書店、一九八〇
山下一海、蕪村の世界、有斐閣、一九八二
清水孝之、与謝蕪村の鑑賞と批評、明治書院、一九八三
芳賀徹、与謝蕪村の小さな世界、中央公論社、一九八六
大谷篤蔵、島原角屋俳諧資料、角屋、一九八六
蕪村俳句集、尾形仂校注、岩波文庫、一九八九

谷地快一編、与謝蕪村、ぺりかん社、一九九〇
村松友次、蕪村の手紙、大修館書店、一九九〇
清水孝之、蕪村の遠近法、株式会社国書刊行会、一九九一
藤田真一・古井よし吉、与謝蕪村・小林一茶、新潮社、一九九一
尾形　仂、蕪村俳句集、岩波書店、一九九一
佐藤和夫、海を越えた俳句、丸善ライブラリー、一九九一
蕪村俳句集、尾形仂校注、岩波書店、一九九一
蕪村全集　第一巻、尾形仂・森田蘭校注、講談社、一九九二
大谷篤蔵・藤田真一校注、蕪村書簡集、岩波文庫、一九九二
俳句研究、第五九巻第四号、富士見書房、一九九二
新倉俊一編・訳、エズラ・パウンド詩集、小沢書店、一九九三
佐賀啓男、若き日の関東の蕪村、NAKADACHI、第一四号、放送教育開発センター、一九九三
蕪村全集　第三巻、尾形仂・丸山一彦、講談社、一九九四
蕪村全集　第四巻、尾形仂・山下一海、講談社、一九九四
真鍋呉夫、芭蕉と蕪村、蕪村全集、第四巻　月報四、一九九四

佐藤泰正、初期評論二面、林書房、一九九五
田中善信、与謝蕪村、吉川弘文館、一九九六
中田亮監修、夜半亭宋阿の俳諧、石田書房、一九九七
丸山一彦監修、蕪村研究会編、巴人の全句を読む、下野新聞社、一九九九
蕪村研究会、宇都宮歳旦帖、下野新聞社、二〇〇〇
藤田真一、蕪村、岩波書店、二〇〇〇
田中道雄、蕉風復興運動と蕪村、岩波書店、二〇〇〇
大阪成蹊女子短期大学国文科研究室編、淀川の文化と文学、和泉書院、二〇〇一
飯倉洋一、秋成考、翰林書房、二〇〇五
玉城　司、蕪村句集、角川ソフィア文庫、二〇一一

著者紹介

寺山千代子（てらやまちよこ）
東京都生まれ。国立特殊教育総合研究所
（現 国立特別支援教育総合研究所）研究員、
主任研究官を経て、分室長で退職。
植草学園短期大学名誉教授
現在、星槎大学客員教授
日本自閉症スペクトラム学会事務局長
「俳文学東京研究会」会員

詩集
『猿の島から』、神奈川新聞社、1987年
（神奈川新聞社、文芸部門、入選）
『メルヘン列車』、近文社、1990年
『花摘み物語』、近文社、1990年
『揺れる少年』、思潮社、1993年

蕪村と花いばらの路を訪ねて

2019年1月15日　初 版　第1刷発行
〔検印省略〕
定価はカバーに表示してあります。

著者©寺山千代子／発行者 下田 勝司
印刷・製本／中央精版印刷

東京都文京区向丘1-20-6　郵便振替 00110-6-37828
〒113-0023　TEL (03) 3818-5521　FAX (03) 3818-5514
発行所 株式会社 東信堂

Published by TOSHINDO PUBLISHING CO., LTD.
1-20-6, Mukougaoka, Bunkyo-ku, Tokyo, 113-0023, Japan
E-mail : tk203444@fsinet.or.jp　http://www.toshindo-pub.com

ISBN978-4-7989-1512-8　C1092

東信堂

東信堂

責任という原理—科学技術文明のための倫理学の試み〔新装版〕	H・ヨナス 加藤尚武監訳	四八〇〇円
主観性の復権—心身問題から『責任という原理』へ	H・ヨナス 宇佐美・滝口訳	二〇〇〇円
ハンス・ヨナス「回想記」	H・ヨナス 盛永・木下・馬渕・山本訳	四八〇〇円
生命の神聖性説批判	H・クーゼ著 飯田・石川・小野谷・片桐・水野訳	四六〇〇円
生命科学とバイオセキュリティ—デュアルユース・ジレンマとその対応	四ノ宮成祥・河原直人編著	二四〇〇円
医学の歴史	今井道夫・石渡隆司監訳	四六〇〇円
安楽死法：ベネルクス3国の比較と資料	盛永審一郎監修	二七〇〇円
死の質—エンド・オブ・ライフケア世界ランキング	丸祐一・小野谷加奈恵・飯田亘之訳	一二〇〇円
バイオエシックスの展望	坂井昭宏・松浦悦子編著	三二〇〇円
死生学入門—小さな死・性・ユマニチュード	大林雅之	一二〇〇円
生命の問い—生命倫理学と死生学の間で	大林雅之	二〇〇〇円
生命の淵—バイオシックスの歴史・哲学・課題	大林雅之	二〇〇〇円
今問い直す脳死と臓器移植〔第2版〕	澤田愛子	二〇〇〇円
キリスト教から見た生命と死の医療倫理	浜口吉隆	二三八一円
動物実験の生命倫理—個体倫理から分子倫理へ	大上泰弘	四〇〇〇円
医療・看護倫理の要点	水野俊誠	二〇〇〇円
テクノシステム時代の人間の責任と良心	H・レンク 山本・盛永訳	三五〇〇円
原子力と倫理—原子力時代の自己理解	Th・リット 小笠原道雄編	一八〇〇円
科学の公的責任—科学者と私たちに問われていること	Th・リット 小笠原・野平編訳	一八〇〇円
歴史と責任—科学者は歴史にどう責任をとるか	Th・リット 小笠原・野平編訳	一八〇〇円
〔ジョルダーノ・ブルーノ著作集〕より		
カンデライオ	加藤守通訳	三二〇〇円
原因・原理・一者について	加藤守通訳	三二〇〇円
傲れる野獣の追放	加藤守通訳	四八〇〇円
英雄的狂気	加藤守通訳	三六〇〇円
ロバのカバラ—ジョルダーノ・ブルーノにおける文学と哲学	N・オルディネ 加藤守通監訳	三六〇〇円

〒113-0023 東京都文京区向丘 1-20-6 TEL 03-3818-5521 FAX03-3818-5514 振替 00110-6-37828
Email tk203444@fsinet.or.jp URL:http://www.toshindo-pub.com/

※定価：表示価格（本体）＋税

東信堂

書名	著者	価格
未来社会学 序説—勤労と統治を超える	森　元孝	二〇〇〇円
理論社会学—社会構築のための媒体と論理	森　元孝	二四〇〇円
貨幣の社会学—経済社会学への招待	森　元孝	一八〇〇円
ハーバーマスの社会理論体系	永井　彰	二八〇〇円
丸山眞男—課題としての「近代」	中島道男	二四〇〇円
ハンナ・アレント—共通世界と他者	中島道男	二四〇〇円
観察の政治思想—アーレントと判断力	小山花子	二五〇〇円
日本コミュニティ政策の検証—自治体内分権と地域自治へ向けて（コミュニティ政策叢書1）	山崎仁朗編著	四六〇〇円
豊田とトヨタ—産業グローバル化先進地域の現在	丹辺宣彦・岡村徹也・山口博史 編著	四六〇〇円
社会階層と集団形成の変容—集合行為と「物象化」のメカニズム	丹辺宣彦	六五〇〇円
多国籍ユニオニズムの動員構造と戦略分析	中根多惠	三二〇〇円
吉野川住民投票—市民参加のレシピ	武田真一郎	一八〇〇円
地域社会研究と社会学者群像—社会学としての闘争論の伝統	橋本和孝	五九〇〇円
園田保健社会学の形成と展開	山手茂・米林喜男・須田木綿子 編著	三六〇〇円
社会的健康論	園田恭一	二五〇〇円
保健・医療・福祉の研究・教育・実践	山手茂・園田恭一・米林喜男 編	三四〇〇円
現代の自殺—追いつめられた死：社会病理学的研究	石濱照子	二八〇〇円
研究道　学的探求の道案内	平岡公一・武川正吾・山田昌弘・黒田浩一郎 監修	二八〇〇円
福祉政策の理論と実際（改訂版）福祉社会学研究入門	三重野卓・平岡公一 編	二五〇〇円
認知症家族介護を生きる—新しい認知症ケア時代の臨床社会学	井口高志	四二〇〇円
社会福祉における介護時間の研究—タイムスタディ調査の応用	渡邊裕子	五四〇〇円
介護予防支援と福祉コミュニティ	松村直道	二五〇〇円
対人サービスの民営化—行政・営利・非営利の境界線	須田木綿子	二三〇〇円

〒113-0023　東京都文京区向丘 1-20-6　　TEL 03-3818-5521　FAX03-3818-5514　振替 00110-6-37828
Email tk203444@fsinet.or.jp　URL:http://www.toshindo-pub.com/

※定価：表示価格（本体）＋税

東信堂

書名	著者	価格
放送大学に学んで—未来を拓く学びの軌跡	放送大学中国・四国ブロック学習センター編	二〇〇〇円
ソーシャルキャピタルと生涯学習	J・フィールド 矢野裕俊監訳	二五〇〇円
NPOの公共性と生涯学習のガバナンス	高橋満	二八〇〇円
コミュニティワークの教育的実践	高橋満	二〇〇〇円
学級規模と指導方法の社会学 実態と教育効果	山崎博敏	二二〇〇円
高等専修学校における適応と進路—後期中等教育のセーフティネット	伊藤秀樹	四六〇〇円
「夢追い」型進路形成の功罪—高校改革の社会学	荒川葉	二八〇〇円
進路形成に対する「在り方生き方指導」の功罪—高校進路指導の社会学	望月由起	三六〇〇円
教育から職業へのトランジション—若者の就労と進路職業選択の社会学	山内乾史編著	二六〇〇円
学力格差拡大の社会学的研究—小中学生への追跡的学力調査結果が示すもの	中西啓喜	二四〇〇円
教育と不平等の社会理論—再生産論をこえて	小内透	三二〇〇円
マナーと作法の社会学	加野芳正編著	二四〇〇円
マナーと作法の人間学	矢野智司編著	二〇〇〇円
〈シリーズ 日本の教育を問いなおす〉		
拡大する社会格差に挑む教育	西村和雄・大森不二雄・倉元直樹・木村拓也編	二四〇〇円
混迷する評価の時代—教育評価を根底から問う	西村和雄・大森不二雄・倉元直樹・木村拓也編	二四〇〇円
教育における評価とモラル	西村和雄・戸瀬信之編	二四〇〇円
〈大転換期と教育社会構造：地域社会変革の学習社会論的考察〉		
第1巻 教育社会史—日本とイタリアと	小林甫	七八〇〇円
第2巻 現代的教養Ⅰ—生活者生涯学習の地域的展開	小林甫	六八〇〇円
第2巻 現代的教養Ⅱ—技術者生涯学習の生成と展望	小林甫	六八〇〇円
第3巻 学習力変革—地域自治と社会構築	小林甫	近刊
第4巻 社会共生力—東アジアと成人学習	小林甫	近刊

〒113-0023 東京都文京区向丘 1-20-6 TEL 03-3818-5521 FAX03-3818-5514 振替 00110-6-37828
Email tk203444@fsinet.or.jp URL:http://www.toshindo-pub.com/

※定価：表示価格（本体）＋税